독공의
대가

권이백 신무협 장편소설

ORIENTAL FANTASY STORY & ADVENTURE

壽功大家

dream
books
드림북스

독공의 대가 2

초판 1쇄 인쇄 / 2014년 9월 23일
초판 1쇄 발행 / 2014년 9월 30일

지은이 / 권이백

발행인 / 오영배
책임편집 / 편집부
펴낸 곳 / (주)삼양출판사 · 드림북스

주소 / 서울특별시 강북구 솔샘로67길 92
대표 전화 / 02-980-2112 팩스 / 02-983-0660
편집부 전화 / 02-980-2116 팩스 / 02-983-8201
블로그 / blog.naver.com/dreambookss

등록번호 / 제9-00046호
등록일자 / 1999년 3월 11일

ISBN 979-11-313-0128-9 (04810) / 979-11-313-0126-5 (세트)

* 지은이와 협의하에 인지는 생략합니다.
* 잘못된 책은 구입한 곳에서 바꾸어 드립니다.

이 도서의 국립중앙도서관 출판시도서목록(CIP)은 서지정보유통지원시스템홈페이지
(http://seoji.nl.go.kr)와 국가자료공동목록시스템(http://www.nl.go.kr/kolisnet)에서
이용하실 수 있습니다. (CIP제어번호: 2014027455)

壽功大家

독공의
대가

2

권이백 신무협 장편소설

ORIENTAL FANTASY STORY & ADVENTURE

dream
books
드림북스

독공의 대가

목차

第一章

독협이라……

황천군과의 혈투.

앞서 독에 중독시키고 고통을 줘가며 죽였던 수십, 수백의 산적들보다도 황천군과의 전투가 더 어렵다고 할 만했다.

그들은 완성에 가까운 무림인이었고, 경험만으로도 자신을 압도하는 자들이었으니까.

그들에게는 없는 사냥꾼으로서의 계책을 써서 상대를 궁지로 내몰고 자신이 유리한 위치를 점한 뒤에야 벌였던 전투였다.

결과는 처음부터 끝까지 자신만의 방식을 활용한 왕정의

승리였다. 패배자가 된 여덟은 차디찬 흙에 자연스레 몸을 눕혔을 뿐이었다.

그 뒤의 그는 자신의 일을 확실히 마무리해야 하는 사람처럼 다시 산채를 찾아 갔었다.

"사, 살려 줍쇼……."

"으으으……."

왕정은 살아남아 있는 산적들을 모두 죽일 만큼 잔악무도한 살인귀가 아니었기에 그들을 제압하고 묶는 것으로 끝냈다.

감시?

"구해 주셔서 감사합니다!"

"이 은혜를 어찌 갚아야 할는지……."

산적들이 자신들의 종복으로 쓰기 위해서, 혹은 인신매매를 위해서 잡아 온 건지 안에는 양민들이 있었고, 감시는 그들이 도맡아서 해주었다.

"네, 네 녀석한테! 우리 칠아가!"

양민들은 그들에게 당한 것이 워낙에 컸던 건지, 되려 감시 이상으로 그들을 혹독하게 대했을 정도였다.

왕정으로서도 그 심정을 아주 이해하지 못하는 것은 아니었다. 허나 더 이상의 살인을 지켜보기에 그는 심적으로 꽤나 힘든 상황이었다.

이번일은 그가 처음으로 하는 대량 살상이나 마찬가지였고, 애초에 그는 무림인보다는 사냥꾼으로서의 기질이 더 강한 자가 아니었던가.

사냥꾼의 기질을 이용하여 산적들을 사냥하는 일 처리 자체는 확실히 했다손 치더라도 살인이 주는 심적 무게감에서 그도 완전히 자유로울 수는 없었던 것이다.

해서 그는 지쳐 있는 자신의 심신을 보호하기 위해서라도 양민들이 몸이 구속된 산적들을 상대로 살인까지 행하려 하는 것을 막을 수밖에 없었다.

"울분을 토하시는 거야 완전히 막을 수 없다는 것은 압니다. 그렇다 해도…… 처분은 일단 관에 맡기도록 하지요. 관으로 내려간 사람들도 곧 올 때가 되었고요."

물론 그라고 해서 폭력을 완전히 막을 생각은 없었다. 그리 막는다고 해서 막을 수 있는 일이 아닌 것을 알고 있었고.

그 때문에 어느 정도의 폭력은 눈을 감아 주었다. 다만 죽음까지 가는 것만은 막았을 뿐이다.

양민들은 그들이 가지고 있던 울분도 울분이었지만, 왕정에 대한 고마움도 그만큼 컸던 것인지 왕정의 말을 존중해 주었다.

"독협께서 그리 말씀하신다면야…… 알겠습니다."

"후우…… 이놈들이 저희에게 한 일만 생각하면 울분이 치솟습니다요! 그래도 관에 가면 죽을 터이니……. 후우…… 알겠습니다요!"

독협이라. 그들이 자신들을 구해 준 왕정에게 붙여준 명호다. 독으로서 협을 행했다는 단순한 명호인 셈.

한문을 잘 알지 못하는 양민들로서는 최선을 다해서 붙인 명호임이 분명했다.

'나랑은 어울리지도 않는데…….'

문제는 왕정이 그러한 명호에 만족을 느끼기보다는 되려 부담을 느끼고 있는 상황이었으니!

양민들이 모두 물러나고, 임시로 머무르는 거처에 홀로 남게 되었을 때. 그가 자신의 심적 부담감을 덜기 위해서라도 물었다.

"정말 이런 명성이 무에 중요한 걸까요. 무림인들은 이런 명호를 가지고 싶어서 그리 애쓴다면서요?"

—그렇지. 네가 하는 말이 어이없을 정도로 노력하고는 한다. 허허.

"이해가 되지는 않네요."

이해가 됐다면 자신은 이미 무림인이었을 거다. 사람들 간의 소소한 정, 양민들의 삶을 원하기보다는 무림을 활보하고 다녔겠지.

'무림인이라는 자들이 가진 매력이 전혀 없는 것은 아니지만…….'

그래도 아직 무림인이 되지 않고자 하는 것은 그의 마지막 고집이라고 할 수 있을 게다.

무공을 익히고 있되 무림인처럼 칼밥 하나로 세상을 살아가겠다는 결심은 결코 생기지 않고 있으니까.

"무인이라는 거 정말 어려운 거네요."

—그러하냐? 무인과 대결을 벌이고, 산채 하나를 폭삭 무너트렸는데도?

"예. 그건 사냥이었죠."

—사냥, 사냥이라…… 명언이구나 아주. 하지만 네가 한 것은 누가 봐도 무림인으로서의 행위였다. 네가 부정해도 세상이 너를 무림인이라 말할지도 모른다.

"그럴지도요. 이미 독협이라는 되도 않는 명호도 생겼으니까요."

—그런 거다. 네가 무인과 어울리지 않는다고 말을 해도, 이미 너는 무인이 되어 버린 것이지.

"그래도 아직 어색하다고요. 흐음……."

답답하다. 뭐가 그리 답답한 걸까?

왕정은 한참을 생각해 보았다. 무림인이 되면 뭐가 나쁘기에 이러는 걸까? 된다고 해서 문제가 생기나?

아니. 그런 것은 전혀 없다. 무인이 된다고 지금의 삶이 그리 바뀔 거 같지도 않다. 단지.

'역시 칼밥 먹고 산다는 게 비정상 같아 보인다 이거지. 어떻게 포장해도 결국 살인이잖아?'

자신이 산적을 죽인 것도 살인이다.

하지만 이것은 당위성이 있었다. 고통 받는 양민들을 구한다는 당위성. 인간쓰레기들을 처리한다는 당위성.

이번 일에 대해서 가져다 댈 것은 많았다.

이번 일은 무림인이어서 했다기보다는, 사람으로서 정의를 알기에 행한 일이었던 셈이다. 하지만 정말 무림인이 되면?

그때는 정파의 무인이 된다고 해도, 이유 없는 살인을 해야 할 거다.

정파 무인이라는 이유로 사마의 고수들이 자신에게 덤벼들 게다. 이유도 필요 없다. 단지 이유라면 무인이고, 정파에 속한다는 이유뿐이다.

이는 사파의 무인이든 마교에 속한 무인이든 무인이라면 누구나 겪어야 하는 일이었다.

'그래. 이게 문제였다.'

그제야 왕정은 자신이 무인이 된다는 것에 거리낌을 느끼는 이유를 알았다.

무인이 되면, 휘둘려야 한다. 정파, 사파, 마교라는 것에 휘둘릴 수밖에 없는 삶을 살게 된다.

정사마를 아우르는 고수들도 있다고는 하지만 그런 고수들은 굉장히 소수이지 않은가? 결국 휘둘릴 수밖에 없는 게 현실이다.

"이제 알겠네요. 저는 휘둘리는 게 싫었던 거예요."

─뭐를?

"무인이 됐다고 해서 다른 계열의 무인들과 쓸데없이 다투는 거요. 실력을 겨룬다고 대련을 벌이고, 계열이 다르다고 대결을 하고 끝내 살인을 하겠죠. 제대로 된 이유도 없이요."

─그게 무인의 삶이다.

"예. 정말 그게 무인의 삶이겠죠. 그런데 그게 싫은 거예요. 진심으로."

말이 좋아 무인의 삶이고, 무를 수행하는 삶이지 않은가.

왕정이 보기에 무인의 삶이라는 것은 결국 휘둘리는 삶인 거다. 계열에 따라, 실력에 따라, 또한 그 소속에 따라 이리저리 휘둘린다.

무인들은 자신들이 한없이 자유로운 삶을 살아간다 자위를 하지만 현실이 그러하다. 그들도 결국 묶인 삶인 셈이다.

"어쩌면 저는 묶여 있는 삶을 싫어하는 걸지도 모르겠어요. 그래서 외로움을 느끼면서도 사냥을 하면서 혼자 살았을지도요."

—크큭. 우문에 현답이라더니. 명답이로구나! 자유가 좋아 무인이기 싫다라…… 재미있는 결론이다.

"그런가요? 하하. 하기야, 제가 생각해도 그렇긴 하네요."

—하지만 결국 삶이라는 것 자체가 묶임이다. 완벽한 자유는 없어. 하지만…….

하지만이라? 무언가 더 할 말이 독존황에게는 있는 것일까?

—완벽한 자유에 가까워질 수는 있겠지. 좋든 싫든 세상 사람들은 너를 무인으로 볼 게다. 그게 현실이고.

"……역시 그렇겠지요?"

—그래. 이미 일이 벌어지고, 독협이라는 명성까지 얻었으니 어쩔 수 없는 일이겠지. 전에 사혈련의 일도 있었고.

사혈련이라.

이번 일에 정신이 팔려 잊고 있긴 했다.

자신이 무인임을 거부한다고 하더라도 이미 오래전부터 사혈련에서는 자신을 무인으로 봤을 거다.

자신들의 행사를 방해하는 정파의 무인 정도로 봤을 게

분명하다.

그동안 왕정은 그런 현실을 두고도 자신이 무인이 아니라고 우겨왔을 따름이라 이 말이다.

"정말 싫네요. 선택권도 없이 무인이 되다니."

─그렇게 싫더냐? 무인이 되는 것이? 아니, 묶이는 것이 싫더냐?

"예. 정말로 싫어요."

어쩔 수 없는 외로움을 느끼더라도 자유가 좋다. 그게 왕정이 내린 결론이다. 하지만 현실은 그러지를 못한다.

─그렇다면 결국 방법은 하나뿐이 아니더냐?

"뭔데요?"

방법이 있긴 한 건가? 다시 자유를 찾을 만한 방법이?

─뭐겠느냐? 크큭. 무공을 익혀야지! 누구보다 강해지면 되는 게야. 네가 무인이 아니라고 우겨도 감히 반박을 할 자가 없을 정도로 강해지면 되는 거라 이 말이다.

"하하. 그게 뭐예요."

어이없어 웃어 보는 왕정이다. 하지만 이내 왕정은 인정을 할 수밖에 없었다.

─왜? 그 외에 달리 수가 있어 보이더냐?

"……아아. 결국 그렇기도 하네요. 결국은 돌고 돌아서 독공을 익혀야 된다는 결론에 또 도달하는 셈이네요."

정말 익히고 싶지 않았던 독공이다.

　뱀에 물려 죽기 전, 죽은 사람 소원이라도 들어주자는 생각에 익히기 시작한 것이 독공이 아니었던가.

　그런데 그 독공이란 것이 실제로 강한 무공이었던 덕에 지금의 상황에 이르기까지 한 것이고.

　어린 나이에 절정의 고수가 된 왕정이란 존재 자체가 바로 울며 겨자 먹기로 익힌 독공 덕분이니까.

　'재밌네…….'

　결국 자신이 아무리 거절을 해도 독공을 익혀야 했던 운명이 아닌가 싶다.

　뱀에 물렸던 것도, 독이 발작하다시피 몸에 퍼져 온몸이 시퍼렇게 변했던 것도 모두 독공을 익히게 만든 계기들이 아니었던가.

　'어떻게 해도 독공을 익히는 것을 피할 수가 없다면…….'

　뱀에 물렸다 해서 익히고!

　피부가 시퍼레졌다 해서 익히고!

　절정이 되지 않으면 죽는다 해서 익히고!

　모든 이유가 결국에는 자신의 주도하에 이루어지는 것이 아니라, 상황에 맞춰 움직이는 것이 아니던가.

　결국 독공을 익혀 무림인이 되어야 한다면, 지금처럼 상황에 맞춰가며 익히는 것은 그리 좋은 생각이 아니지 않을까?

'이왕이면…….'

자신이 원하는 것이 자유라는 것을 알게 되었으니, 행동도 변해야 할 터.

"정말 싫긴 한데 말이지요."

―오냐.

"아무래도 독공을 익히긴 해야겠어요. 본격적으로요."

―허허. 그래, 잘 생각했다. 잘 생각했어.

그 누구보다 그가 독공을 익히길 원했던 자는 독존황이다. 할아버지로서 또한 원인 모를 이유로 빙의가 된 영혼으로서의 한이었으니까.

그런 그의 한을 들어주겠다 말을 하니 독존황으로서는 기꺼울 수밖에.

"그런데 익힐 때 익히더라도, 무림사에는 어지간하면 끼어들기 싫단 말이지요?"

―그래서?

"어쨌거나 익히겠다는 결론을 내리긴 했지만…… 무림사에 끼어들지 않을 방도를 마련은 해 봐야지요."

왕정은 고집쟁이다. 지독한 고집쟁이.

어떻게든 무림인이 되지 않겠다고 주장하는 그의 주장이

고집이 아니고 무엇일까.

하지만 독존황으로서도 지금 왕정이 하는 말에는 한 수 물러날 수밖에 없었다.

오랜 기간 왕정과 함께하다 보니, 이런 식으로 고집을 부리는 왕정을 이기고 들 수는 없다는 것을 이미 오래전부터 깨달았기 때문이리라.

'처음으로 주도적으로 선택을 하는 거려나……'

드디어 무공을 본격적으로 익히겠다는 왕정. 하지만 무인으로서의 삶은 피하겠다는 그만의 고집에서 앞으로의 방향이 정해졌다.

—무공만 익힌다면야 이 할애비는 좋다.

"역시 그렇죠?"

—그래. 하지만 모든 게 결국 네 생각대로 될지는 모르겠구나. 현실이란 것이 원하는 대로만 돌아가는 것은 아니니까.

긴 여운을 남기는 독존황이었다.

*   *   *

포졸들보다는 그녀가 먼저 왔다.

철아영. 금이화의 친구이자 왕정과 동행을 해 주는 여인이다.

그녀의 사정 때문에 산적 처리에는 직접적으로 힘을 보태주지는 못했지만, 그래도 그 외에 여러 잡음들은 깔끔하게 처리를 해 준 그녀다.

그녀가 아니었다면 화전민들은 화전민들대로 관의 추궁을 받았었을 테니까. 특수한 경우는 제외하고 화전은 금지이기 때문이다.

"독! 협! 님!"

"……어이쿠야."

역시, 그녀답다. 그녀를 보자마자 머리를 쥐는 독협이 된 왕정이었다.

명성에 대해서 좋아하기보다는 되려 부담스러워 할 것이 분명한 왕정을 파악하고는 저렇게 놀리는 게다.

"헤에…… 크게 한바탕했던걸? 정말 예상 외였어."

"예상은 뭐였습니까?"

"뭐…… 그냥. 당한다? 아니면 적당히 드잡이질을 하다가 도망간다? 둘 중 하나 정도?"

"……그게 뭡니까?"

생글 생글 웃으면서도 무서운 말을 하는 그녀다. 달리 말하면 그가 지거나 당해서 죽었을 거다, 이 말이 아닌가.

보통의 무인들은 아무리 절정이라 하더라도 그리 당하는

것이 맞기야 하다. 하지만, 그래도 그런 예상을 하고도 자신을 산적 처리를 하는 데에 보내다니!

'무서운 여자다.'

왕정의 생각까지는 읽지 못한 건지 그녀가 여전히 생글거리면서 말했다.

"너무 정색하지 말라구. 후후. 이화에게 들은 바로는 그래도 기대할 만해서 가도록 둔 거니까. 이화가 말하기로 무인보다는 사냥꾼의 기질이 강하다던데?"

아니, 읽은 듯도 하다. 왠지 그녀에게 당한 듯한 느낌이기도 하고.

"휴우…… 그런 겁니까."

"헤에…… 그럼 죽을 곳에 가라고 할 줄 알았어?"

"조금은요."

"너어!"

왕정도 어디 가서 지고 사는 놈은 아니잖는가. 그녀에게 작게 한 방 먹여주기는 하는 그다.

어쨌거나 지금은 장난보다는 일의 처리를 빨리 해야 할 때.

산적 처리 자체를 후회하는 것은 아니지만 어서 백해단과 십해단을 팔고 싶은 왕정으로서는 이곳 일을 빠르게 처리해야 했다.

이곳을 벗어나야 뭐라도 할 테니까.

"그나저나 관인들하고 같이 오는 거 아니었습니까? 살아남은 산적들도 마저 처리해야지요."

"에…… 뭐 이래저래 조금 걸리는가 보더라고? 그래도 내일쯤이면 온다고 연통을 받긴 했어……."

연통이라. 그런 걸로도 일을 처리하는 건가?

무림의 일이 아니더라도 세상사 자체에 관심이 없던 왕정으로서는 그런 일 처리마저도 생소할 따름이다.

"뭐…… 그렇게도 처리가 되는 겁니까?"

"응. 당연하지! 헤에…… 설마 의심하는 거야?"

"설마요. 그렇게도 일 처리를 한다니까 신기해서 그런 겁니다."

"촌놈이네. 촌놈!"

"이익! 누가 촌놈이랍니까?!"

아니, 촌놈이라니! 연통으로 일 처리하는 것 몰랐다고 촌놈 소리까지 들어야 하는 건가!?

그녀는 지치지도 않는지 왕정에게 계속 장난을 쳐 왔다.

"촌놈 맞지! 연통도 모르다니! 역시 이화의 말대로 세상에 대해 모르는 게 많네……. 흐응……."

"이화 누님은 대체 무슨 그런 말을 했답니까!?"

왠지 배신감까지 느끼는 왕정이었다.

세상물정 좀 모를 수 있는 거지 자신을 촌놈이라고 하다
니! 믿는 도끼에 발등이 찍히는 느낌이 아닌가!

"헤에…… 역시 왕정도 만능은 아니었다니까."

―저 처자가 사람 보는 눈이 좀 있구나.

"으으으……."

할아버지인 독존황까지 가세를 하니 말문이 막혀 버리는
왕정이었다.

'언젠가는…….'

복수를 할 테다. 꼭!

왕정의 마음이야 어쨌든 간에 철아영의 장난은 꽤나 오
래 이어졌다. 관군들이 올 그 이튿날까지!

*   *   *

아영의 말대로 관의 사람들은 바로 이튿날 도착했다.

대체 어떤 방식으로 연통이 보내지는 건지는 몰라도, 관
군이 도착하는 것을 예측한 높은 정확도에 조금은 놀라 버
린 왕정이었다.

대략 스물 정도의 관군과 그를 지휘하는 자가 왔는데 무
슨 이유에서인지 몰라도 그는 험상궂은 외모에도 불구하고
긴장한 기색이 꽤나 역력했다.

한참을 두리번거리던 그는 미리 왕정에 대한 인상착의를 전해 받았는지 바로 왕정에게 다가왔다.

그러면서도 같이 온 관군들에게 손으로 지시를 내려 산적들을 포박하는 것을 보면 일 처리가 꽤나 매끄러운 자였다.

"이런 일을 다 처리해 주시니 감사합니다."

"……뭐, 해야 할 일을 했을 뿐이지요."

"역시 독협이십니다!"

"……관에까지 소문이 난 겁니까?"

"아무럼요! 이런 일을 해 주셨는데! 자아, 그럼 데리고 가겠습니다요."

적어도 이 지역 내에서만큼은 왕정에 대한 소문이 제법 크게 난 듯했다. 하기야 천을 헤아리는 산적은 지역 내에서도 골칫거리였을 터!

그런 산적들을 홀로 처리했다고 하니 하나의 지역 정도에 소문이 날 만한 일이긴 했다.

시일이 지나면 감숙성과 섬서성에도 크게 소문이 날 것이다. 산적들이 있던 곳은 감숙과 섬서의 경계선이었으니까.

'괜히 이름값만 오른 느낌이네…….'

덕분에 사혈련에도 자신의 소식이 전해질 수도 있을 터.

힘을 더 기르기 전까지는 정파의 영역에서 최대한 몸을 숙이고 있어야 할 팔자인 듯했다.

한참을 분주히 움직이며 모든 할 일을 마친 관군 지휘관이 이내 급히 그에게 다시 다가왔다.

"아차차, 그리고 여기 있습니다요. 중요한 것을 전해드리지 못할 뻔했군요."

"뭐죠?"

"뭐겠습니까요. 현상금입지요. 황팔채가 녹림수로채에는 못 속했어도 꽤 큰 산채지 않습니까요. 당연히 현상금이 있습니다요."

"……감사합니다."

왠지 얼떨떨하게 받아드는 왕정이었다.

처음부터 현상금을 바라고 벌인 일도 아닌 데다가, 건네받는 주머니의 묵직함이 꽤나 컸기 때문이다.

"뭘요. 그럼 정말로 가 보겠습니다. 어이! 어서 몰고 가자고!"

"알겠습니다!"

그러고는 그대로 산적들을 데리고서 몸을 움직이는 관군들이었다.

모르긴 몰라도 이번에 잡힌 산적들은 평생 노역에 시달리거나, 사형을 당할 것이 분명하다. 그게 보통 관의 산적 처리 방식이니까.

　생각지도 못한 묵직한 현상금을 받은 왕정은 그제야 모든 일이 끝났다는 것을 실감했다.

　계획에 있었던 일은 아니었으나, 정말로 혼자의 몸으로 산적 하나를 처리해 버린 것이다. 그것도 이천의 수를 자랑하는 산채를!

　'……괴물이 되어 가는 걸지도.'

　독공의 무서움에 대해서 조금씩 자각해 가는 그였다.

第二章

이화를 만나다

감숙성으로의 마지막 장애물은 황팔채로 끝이었을까?

황팔채라는 꽤 큼지막한 산채가 없어져서인지 그 뒤로 산적들의 출몰은 없었다. 혹시 모르니 활동을 자제하는 듯했다.

하기야 아무리 절정의 고수가 나선다고 해도 하나의 산채를 없애기란 쉽지 않은 일이었다.

이 정도의 성과는 저 드높다는 구파일방에서나 간간이 내는 수준인 것이다.

그마저도 다음 대의 장문인이나 장로 자리를 물려받을 만한 재능 있는 후지기수 정도가 달성할 수 있었다.

쉽게 말해 아주 없는 성과는 아니지만 한 세대에 몇 번 나오지도 않는 성과인 셈.

그런 성과를 무공을 몇 년 익히지도 않는 왕정이 냈으니 확실히 독존황이 가르쳐 준 연독기공은 보통 무공이 아니라는 걸 증명한 셈이다.

'······쓸데없이 생긴 이놈의 독협이란 명호는 어떻게 없 앨 수 없을까.'

정작 지금 이 순간에도 명성을 올리고 있는 왕정은 그 명성에 불만이 많지만 어찌하랴. 원래 이런 놈인 것을.

그나마 이제 와서는 무공을 아예 익히지 않겠느니 어쩌니 하지 않는 것이 독존황으로서는 다행이라 느껴질 정도다.

이상한 곳에 쇠심줄과 같은 고집을 타고 난 게 왕정이니까.

모르긴 몰라도 보통 사람이었다면 독존황이 무공을 가르쳐 주자마자 연독기공에 심취했을 것이다.

무슨 짓을 벌여서라도 연독기공을 수련하는 데 필요한 독을 얻기 위해서 난리를 쳤을 것이 분명하기도 하고.

그런 의미에서 보면 왕정은 확실히 특이한 녀석인 셈이다.

—크흠······.

그런 왕정 때문에 독존황의 머리가 굉장히 복잡하게 돌아가고 있었다.

무공을 익힌다는 것은 좋지만 명성을 올리기는 싫다 하니 실전이 아닌 다른 수(手)를 내어 무공을 빠르게 익히도록 만들어야 했다.

최근에는 현생에 자신이 익히지 못한 경지를 왕정을 통해서라도 이루고 싶은 작은 바람이 생기기도 한 그이니까.

핏줄 하나 이어지지 않았어도, 그가 가족이라고 할 만한 이는 왕정밖에 없으니 그에게 바람을 가지는 거다.

어쨌거나 그러자면 그가 원하는 대로의 방안을 생각해야 하는데 당장에 획기적인 방법은 생각이 나지 않는 독존황이었다.

"헤에…… 조금만 기다려!"

"어? 도착인 건가요?"

"그래. 아무리 너라고 해도 모처는 보여줄 수 없으니까 여기서 기다리고 있도록 해."

"예!"

그런 독존황의 고민은 전혀 생각지도 못한 왕정이다.

독존황이 침음성을 내든 말든 간에, 그는 그저 이화가 있다는 곳에 도착한 것만으로도 만족해하고 있었으니까.

"후후…… 이제 이거면 팔 수 있는 건가."

―……그리도 좋으냐?

자신이 고민하는 것은 전혀 알아주지도 않은 채로, 혼잣
말까지 중얼거리는 왕정에 왠지 서운해지는 독존황이었다.

그의 그런 마음도 모르고 왕정은 드디어 물건을 팔 수 있
다는 것에 신 나 있었다.

"예. 이거 십해단만 하더라도 은자로 이십 냥은 받을 만
한 물건이라고 하셨잖아요?"

―그럴 거다. 이런 것은 시세가 그닥 변하지도 않는 것이
거든. 우리 때도 이십 냥이었으니…… 최소가 이십 냥인 셈
이다.

"헤에…… 그렇죠. 거기다가 백해단의 경우에는 금자로
한 냥도 받을 수 있고요!"

―아무렴. 백 가지의 독을 해독할 수 있다는 것은 일회용
이지만 작은 피독주와 같다는 의미인 게야.

"가치가 크긴 크네요?"

―독을 해독하느냐 못하느냐에 따라 목숨이 왔다 갔다
하니 그러한 게다.

"흐흐흐……."

자신의 봇짐 안에 있는 백해단과 십해단을 상상하면 할
수록 기분이 좋아지는 왕정이었다.

봇짐 안에만 있는 백해단만 하더라도 수백 알이다. 정확

히는 이백 알이 조금 넘는 정도!

십해단의 경우에는 더 말할 것도 없이 천여 개에 가까울 정도다. 무려 천여 알!

단순 계산으로도 이백의 백해단이면 금자로만 이백 냥인 셈! 여기에 더해서 십해단도 천여 개면 금자로 이백 냥은 된다!

총합 금자 사백 냥!

원가를 제외해도 꽤나 많은 돈을 벌게 되는 그다. 아니, 사실 그 특유의 제조법 덕분에 원가라고 할 것도 없지 않은가.

이 정도 돈이면 장원 정도는 아니어도 제법 큰 집을 하나 살 수 있을 정도의 돈이다. 그것도 성의 성도와 같은 곳을 기준으로!

몇 달 정도 고생을 해서 얻은 성과치고는 꽤 크지 않은가?

'흐흐…… 이 돈으로 상가도 사고 돈을 굴리고 하면 꽤나 편히 살지 않을까?'

돈이 돈을 번다는 말이 괜히 있는 게 아니다. 이런 식으로 돈을 굴리게 되면 상가들 몇 개 사는 것도 분명 금방일 거다.

그가 금빛나래를 펼쳐가는 와중에 독존황이 그의 상상을

막아 버렸다!

─쯔읏……. 너무 그리 기대만 하지는 말거라.

"아니, 왜요?"

이게 무슨 소리인가? 기대를 하지 말라니?!

─십해단이니 백해단이니 하는 것도 결국에는 원하는 자들은 무림인이지 않느냐?

"아무래도 그렇죠?"

어지간한 자들은 독에 당할 리가 없다.

그게 당연한 상식이기도 하고. 독존황의 말대로 무림인 정도는 되어야 독에 대한 대비를 하고 다니는 거다.

─그럼 결국에는 무림인들에게 물건을 팔아서는 한계가 있다. 무림인의 수가 적은 것만도 아니지만 아주 많은 것도 아니니까.

"……그렇게 되려나요?"

─그래. 특히나 네가 팔려는 자는 이화라는 아이가 아니더냐.

"그렇죠."

─너도 알기로 그 애, 무림맹에 속하지 않았더냐?

"예."

─그럼 아마 무림맹에만 물건을 팔길 원할 거다. 안 그래도 무림인들에게 팔아야 하는데 그중에서도 정파 무인들한

테만 팔아야 하는 게 되는 거지.

"정말로 그럴까요? 물건을 사고 파는 것은 자기 마음대로잖아요."

아무리 독존황의 말이라도 의심이 드는 왕정이었다.

말이야 바른 말이지 십해단, 백해단을 자신이 팔아주는 걸로도 감사해야 하는 것 아닌가? 필요로 하는 것을 팔아주는 것이니까!

그저 인연이 있고 쉽게 팔 수 있겠다 싶어 이곳 감숙성까지 발품을 팔아서 팔러 온 것이 아니었던가.

그런데 그런 자신에게 무림맹의 사람들에게만 팔라고 할 것이라니, 이해가 되지 않는 왕정이었다.

이미 무림인으로 취급을 받고 있는 그라고 할지라도 아직 무림에 대한 경험이 거의 없는 그다.

그렇다 보니 이런 안이한 생각을 하고 있는 것이다. 일반인들이 상식으로 생각하는 기준선이라는 것이 무림인은 좀 다르다는 것을 깨닫지 못한 상태이니까.

그게 마음에 들지 않는 걸까? 독존황이 혀를 찼다.

―쯔쯧. 네 녀석은 평상시에는 머리가 잘 돌아가는데 무림의 생리만 관련되면 둔해지는구나. 이 할애비의 말대로될 것이야.

"……쳇. 정말 그렇게 되면 문제겠는데요? 만들어도 살

사람이 없어질 수도 있다는 거잖아요?"

—그래도 바로 그러지는 않을 게다. 그들도 필요로 하는 양을 채울 때까지는 계속해서 사가겠지. 적당히 소모하는 양도 있을 거고.

"흐음……."

결국 정리를 하자면 구입할 수 있는 구매자가 무림맹의 무인들로 한정이 된다는 것이 아닌가.

잘해야 정파 무인들이 더해질 거고. 하지만 대부분의 정파 무인들이 무림맹에 속해 있으니 이는 의미가 없는 수인터.

백해단과 십해단을 지속적으로 팔아서 일확천금을 얻을 수 있을 거라 생각했던 왕정으로서는 약간이지만 힘이 빠지는 말이었다.

"잘해야 몇 탕하고 나면 그 뒤론 큰돈 만지기 힘들겠네요."

—허허…… 이것만 해도 작은 돈은 아니지 않느냐? 그래도 앞으로도 몇천 알까지는 크게 나갈 것이니 너무 걱정하지 말도록 하거라.

"몇만 알은 될 줄 알았죠……. 에구, 좋다 만 느낌이에요."

—허허. 게다가 꾸준히 나가는 수도 있지 않겠더냐? 은

자 몇 냥 되는 늑대 가죽에 좋아하던 이는 어디로 갔는지 모르겠구나.

"쳇…… 그래도 상가 몇 개 정도는 얻을 수 있을 양이라고 생각했죠 뭐."

─허헛. 지금 벌어들이는 쌈짓돈을 불리면 될 일이야.

"그게 말이 쉽죠. 에이…… 모르겠네요. 다시 돌아가서 약초밭이나 크게 꾸리든가 해야지. 어쨌거나 김새네요."

지금의 금자 사백 냥을 시작으로 사천 냥, 아니 사만 냥을 벌 수 있을 거라 상상했거늘!

수요가 한정되어 있다는 말에 왠지 심술이 나는 왕정이었다.

그런 왕정의 기분이야 어쨌든 상관이 없었던 것인지 독존황이 다시 왕정에게 새로운 길을 제시하려 했다.

─그나저나 네가 무림에는 본격적으로 나서지 않아도 무공은 닦겠다고 하지 않았더냐?

"……뭐 그렇죠. 자유를 얻으려면 강해져야 하니까요."

─그에 대해서 생각을 해 보았는데 말이다. 기실 무림인은…….

독존황이 자신이 생각해 낸 것을 말해 보려는 찰나. 기다리던 그녀가 왔다.

＊　　　＊　　　＊

　이화다. 아직까지도 성을 모르는 그녀. 무림맹의 일 때문에 자주 보지 못하는 그녀이지만 여전했다.

　여전히 가까운 사람 같고 뭔지 모를 동질감을 왕정에게 주는 그녀. 그 특유의 무뚝뚝함도 여전했지만 말이다.

　"왕정!"

　"누님!"

　"……흐으응. 역시……."

　철아영이 뭔가 둘의 재회를 미묘한 눈빛으로 바라본다. 그런 그녀의 태도는 신경도 쓰지 않는 채로 이화와 왕정이 가까워진다.

　한 걸음. 딱 한 걸음만 더 가까워졌더라면, 오랜만에 재회한 연인들이라고 생각할 만한 사람들도 꽤 되리라.

　둘의 재회 장면을 보고 있노라면 이화나 왕정이나 보통 사람들은 알지 못할 깊은 외로움을 간직하고 있기에 서로를 더욱 특별하게 생각하는 걸지도 모르겠다.

　잠시의 해후 후(後).

　"그런데 무슨 일?"

　그녀는 이내 다시 특유의 무뚝뚝한 표정으로 돌아와 왕정에게 물었다. 그가 위험을 무릅쓰고 움직인 것에 대한 물음이기도 했다.

"헤에…… 아영 누나가 아직 말 안 한 건가요?"

"응."

왕정이 아영에게 눈치를 준다.

왜 굳이 말을 하지 않았느냐는 물음이다. 그녀가 설명을 해 줬더라면 자신이 따로 설명할 필요도 없었을 거다. 귀찮음을 줄일 수 있었다는 뜻이다.

그녀는 그런 왕정의 눈치에도 재미있다는 듯 생글거리며 말한다.

"왜에? 나야 동행인일 뿐이라구. 후후."

"……여우."

"여우는 무슨 여우야."

"흐음……."

철아영과 왕정이 아옹다옹하는 것이 마음에 들지 않는 걸까? 괜히 침음성을 삼켜보는 이화다.

그제야 뭔가 이상하다는 걸 눈치 챈 왕정이 다시 이화에게 집중을 한다.

"다름이 아니고 이번에 제가 새로 뭘 만들었거든요."

"뭘?"

왠지 가시가 돋혀 있다. 혹시나 질투……라고 생각해 보는 왕정. 하지만 이내 고개를 살짝 젓는다.

'아니, 아니겠지……'

그녀가 자신을 좋아하는 것도 아닌데 질투는 무슨 질투인가. 괜히 말도 안 되는 생각을 했다는 것에 민망함까지 느끼는 왕정이었다.

'자아, 일이나 해 보자고. 오랜만에 만나서 좋긴 하지만 돈도 벌어야지. 흐흐.'

왕정은 그때부터 다시 설명을 시작했다.

"그, 해독단이요. 종류는 두 개."

"해독단? 네가?"

"예. 그리 의심은 하지 마시구요. 헤헤. 하나는 열 가지 정도의 독을 해독한다는 십해단, 다른 하나는 백 가지의 독을 해독할 수 있다는 백해단이에요."

"십해단과 백해단이라……."

그녀가 생각에 잠겨든다. 약간이지만 그를 의심하는 눈초리를 보내기도 했다.

하기야 그녀의 의심도 이해는 갈 만한 대목이다. 왕정이야 쉽게 만들었지만, 십해단이니 백해단이니 하는 것이 어디 흔한 물건이던가?

칼 하나에 목숨을 걸고 전쟁, 의뢰, 대결을 업으로 삼아 온 웬만한 낭인들도 십해단 하나에 쩔쩔 메곤 한다.

돈이 있어도 구하기가 힘든 것이 십해단이기 때문이다.

여기에 더해서 백해단은 그 이상으로 구하기 힘든 것이 당연했다.

그런데 그런 십해단과 백해단을 왕정이 만들었다 하니 그녀가 의심의 눈초리를 보내는 것도 당연했다.

구하기 힘든 만큼 만들기도 힘든 것이 해독단들이니까.

아마 모르긴 몰라도 왕정이 가져온 백해단과 십해단의 수를 알게 되면 지금의 의심은 금새 놀람으로 번지리라.

잠시 고민을 하던 그녀가 다시금 물어본다.

"실험은 해 본 것이냐?"

"에? 실험요?"

"그래. 실험. 아니 시험이라고 해야 할까. 제대로 해독을 하는지 봤느냐 이 말이다."

"어엇!"

시험이라니! 돈을 벌 수 있다는 것에만 집중했지 이 부분은 생각지도 못한 부분이다!

'……어쩐다?'

어떻게 보면 시험을 하는 것은 당연한 일이다. 약을 쓰려면 그 효용이 제대로 먹히는지를 알아야 하니까.

그런데 그러한 시험을 전혀 생각지도 못 했었으니! 누가 봐도 이 부분은 돈에만 눈이 멀었던 왕정의 불찰이다.

"에…… 까먹고 있었네요. 하하."

어색하게 웃어 보는 왕정. 하지만 그럴수록 이화가 가진 의심의 눈초리는 점점 깊어질 뿐이었다.

둘 간의 정(情)이 없는 것은 아니다. 되려 보통이 아니라 할 수 있을 정도. 하지만, 지금 하는 것은 거래!

그러니 책임감 강한 그녀로서는 제대로 일 처리를 하기 위해서라도 더더욱 의심을 하는 거다.

'보통 시험을 어떻게 하려나?'

다행히 구명줄이라 할 수 있는 이가 있긴 했다.

―동물을 독에 중독시키고 그걸 해독하게 하면 된다.

왕정보다는 경험이 많은 독존황이 그에게 시험에 대한 도움을 준 것이다.

간단한 방법이지만 전혀 이런 곳에 경험이 없는 왕정으로서는 꽤 큰 도움이 될 수밖에 없었다.

"아아……. 이번에 시험 한번 해 보죠 뭐. 하하. 어차피 이런 거 실험하는 거 금방이잖아요?"

"금방이라고?"

"예. 제가 독에 중독시키고 치료를 해 보는 것도 방법이라면 방법이고. 아니면 독을 따로 구해서 하는 것도 방법이니까요."

"……좋다."

이 방법은 이화로서도 괜찮다 싶은 듯했다.

게다가 이참에 십해단과 백해단의 약효를 제대로 보여주게 되면 가격도 후하게 받을 수 있는 기회일지도 몰랐다.

둘 간의 정이 있음에도 불구하고 일 처리를 확실히 하려는 이화를 보고 있노라면 가격을 후려치거나 하지는 않을 듯했기 때문이다.

"자아, 그럼 어서 실험해 보자고요."

"그래."

그 뒤의 실험은 일사천리로 진행을 할 수 있었다.

투자라고 생각하고 크게 마음먹은 왕정이 시전에 가서 닭과 새끼 돼지를 비싼 값에 사 왔다.

당장 구매하는 데 돈이 들긴 해도 사냥을 해서 잡아 오려면 시간이 소요되니 시전에 있는 가축으로 실험을 하기로 한 것이다.

그다음?

"끼웨에에에!"

"……끼익."

괴성을 내질러 대는 돼지와 닭에 구해온 독을 주입했다.

일견 잔인해 보일 수 있는 장면이지만 왕정이나 이화 심지어 아영까지도 눈 하나 깜짝 않고 있었다.

다들 이 정도 일에 두려워 할 시기는 이미 지난 지 오래인 것이다.

독에 확실히 중독됐다는 것을 이화가 확인하자, 기다리고 있었다는 듯이 왕정이 나선다.

"자아, 그럼 이제 먹여 보겠습니다."

"끼엑!"

온몸이 묶여 고통스럽다는 듯이 발광을 하고 있는 돼지부터 그가 만든 십해단을 복용시켜 본다.

그리고 이내.

"끼이이. 끼이……."

전까지만 해도 꾸역꾸역 내지르던 괴성은 어디로 가고, 한시름을 덜었다는 듯이 작게 신음하는 돼지였다.

누가 봐도 해독이 된 것이 분명한 장면이었다.

그리고 그 뒤로 덩치가 작아 독에 더 치명적이었을 닭을 또 치료함으로서 실험은 막을 내렸다.

"확실히 효능이 있구나."

"그럼은요! 누가 만든 건데요. 하하."

시험을 잊었다는 당황스러움은 이미 지우기라도 한 듯 왕정이 크게 웃으며 만족감을 보인다.

'휘유…… 하마터면 고생만 하고 제대로 돈도 못 벌었겠네. 다음부터는 시험을 꼭 해야지.'

그도 혹시나 하는 마음이 있었는데 제대로 시험이 끝나니 한 시름 놓은 것이리라.

"가격은 얼마나 생각했느냐?"

"에…… 누님이 잘 챙겨주시지 않으려나요? 후후."

꼼꼼한 성격이니만큼 가격은 후려치지 않겠지! 그런데 예상 외의 복병이 있었다.

"넉살좋기는…… 아영? 얼마 정도 하지?"

"후후. 얼마 정도이려나? 응?"

왕정을 보면서 생글거리는 아영이다. 보아하니 자신이 가격에 대한 결정권이 있으니 그걸 빌미로 왕정을 놀리는 게다.

"……읒. 아영……누, 누나."

"어허. 누, 누나라니…… 누님 정도가 어울리지 않으려나?"

돈 앞에서 호칭이 뭐에 중요하랴! 은자 다섯 냥에도 만족을 하던 왕정, 아직 죽지 않았다!

그는 아영의 예상을 깨고 금방 항복을 하고 말했다.

"……누, 누님."

"어머, 어머. 그렇게 말해도 말도 안 듣더니! 역시 돈이 약점이었던 거야. 후후."

말투까지 바뀌는 철아영이다. 왕정을 쥐고 흔드는 지금 이 순간의 상황이 아주 마음에 드는 듯했다.

'제길…… 이화 누님은 왜 시세를 몰라서!'

그렇게 얼마나 괴롭힘을 받았을까?

일확천금을 가져다 줄 것만 같았던 해독단을 파는 데 하루 종일을 시달렸던 왕정이다.

그래도 가격은 후려치지 않을 생각이었는지 예상한 것 이상의 돈을 벌기는 했다. 금전으로 사백오십 냥은 받았으니까. 그녀가 돈을 좀 쳐줬다.

하지만 문제는, 이번 거래만으로 모든 것이 끝난 것은 아니었으니!

"후후. 좋아, 아주 좋은 날이야. 앞으로도 잘 부탁해 동생."

"……예이. 예이."

"에헤…… 그러면 안 되지."

"……예, 누님."

"후후. 그래야 착한 동생이지."

이화가 해독단에 대한 모든 거래를 철아영에게 맡겨 버린 것이 큰 문제였다.

"나는 이런 거래는 잘 모르니까."

라고 딱 끊어버리니 물건을 팔아야 하는 왕정으로서도 달리 수가 없었던 거다.

'……으으. 돈 벌기가 이렇게 힘들 줄이야.'

돈을 벌었다는 기쁨보다는 앞으로 철아영에게 시달릴 것

이 분명한 깜깜한 앞날에 시름부터 잠기는 왕정이었다.

어찌 되었든 드디어 금전으로 사백오십 냥이라는 거금을 확보한 왕정!

과연 그가 원하는 대로 무림사가 그를 가만 둘지는 모르겠으나, 처음으로 앞으로를 위한 쌈짓돈 정도는 얻지 않았던가.

작은 시달림 속에서 조금씩 성과를 얻어가는 왕정이었다.

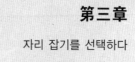

第三章

자리 잡기를 선택하다

감숙성에서의 거래를 마치는 것은 금방이었다.

철아영과 거래를 할 거라면 애시당초 이화가 있는 감숙성까지 갈 필요는 없었지만, 좋은 게 좋은 거 아니었던가.

오랜만에 얼마 안 되는 인연 중에 하나인 이화의 얼굴도 보았으니 그거대로 만족을 하는 왕정이었다.

금전으로만 사백오십 냥이라는 거금을 확보한 것도 성과라면 성과였고, 우습지도 않지만 독협(毒俠)이라는 명호까지 얻게 되었다.

'독협이라는 거추장스러운 이름에다, 아영 누님에게 앞으로 시달릴 걸 생각하면 좀 그렇기야 하지만……'

확실히 이번 감숙성 행은 잃은 것보다는 얻은 것이 많다고 평할 만했다.

거기에 더해 독존황은 새로운 방향성까지 제시를 해 주었다.

"그러니까 할아버지 말대로라면, 제가 무림에서 적당히 벗어나면서 할 만한 일이란 게 의원 일이라 이거죠?"

—그렇다. 기실 무림인이라면 의학적 지식이 기본적으로 있지 않느냐?

"그렇기야 하지요."

혈도의 위치, 기감, 인체에 관한 여러 배경 지식까지. 무림인이라 하면 보통 사람들에 비해서 몸에 관한 많은 지식을 가지고 있는 법이다.

그러한 지식들을 의학적으로 풀어나가기만 하면 그게 곧 의학이 되는 것인 셈이고.

"그런데 그렇다고 하더라도 의학도 하나의 학문인 만큼 그 깊이가 만만치 않을 텐데요."

—물론이다. 이 할애비가 도와준다고 하더라도 아주 깊은 수준의 의원이 되기에는 부족하지. 그래도 적당한 행세는 가능하다.

"에…… 그럼 의원을 할 필요가 뭐 있겠어요. 적당한 수준이라 해도, 어떻게 보면 돌팔이잖아요?"

—어허. 무림에서 활동을 하지 않더라도, 독공은 익히겠다고 하지 않았더냐.

"그렇지요."

—그러려면 의원 행세를 하기는 해야 한다.

"으음……."

자유를 얻기 위해서라도 무공은 익힐 생각이다.

무공을 익혀야 강해질 수 있을 테니까.

또한 강해져야만 앞으로 무언가 선택을 할 때, 힘이 없어 주변에 휘둘리기보다는 힘을 가지고 온연히 자신의 선택을 할 수 있기 때문이다.

모든 게 언젠가 벌어질 일을 위해서인 셈이다. 가장 이상적인 것은 일이 벌어지지 않는 거겠지만, 세상사가 어디 마음대로만 돌아가던가.

유비무환이란 말이 괜히 있는 게 아니듯, 일단 준비를 하고 봐야 하는 거다.

'거기다 무공도 익히다 보니 제법 쏠쏠한 재미도 있는 듯 하고…….'

처음이야 울며 겨자 먹기로 익힌 게 무공이다.

하지만 나날이 발전을 한다는 것을 느끼니 조금씩 재미가 붙어가는 느낌이랄까? 사냥술을 익히는 것과 또 다른 재미가 있다 보니 조금씩 즐겨가고 있는 형편이다.

사냥술과 무공의 전략적 조합도 꽤나 쏠쏠한 재미가 있기도 했고.

왕정이 무언가를 생각하는 동안 독존황도 왕정에게 말할 바를 정리를 한 듯했다.

―독공을 익히려면 여러 가지 독에 관한 지식이 필요하다. 특히나 독초들도 많이 필요로 하게 되지.

"그건 그렇지요."

이제 이해가 간다.

"아, 그러니까 의원 일도 적당히 하면서 독공을 익힐 때 필요할 독초도 구하라 이거군요?"

―그렇다. 게다가 십해단과 백해단을 꾸준히 만들어 팔려면 어차피 해야 할 일이지 않느냐. 의원 일은 일종의 덤이 되는 셈이지. 대외적으로 약초를 다룰 신분이 되기도 하고.

"흐음…… 확실히 할아버지 말을 듣고 보니 의원 일이 지금 제 상황에 궁합이 맞긴 하네요."

자신이 익힌 무공은 독공이다.

당연한 이야기겠지만 독공을 높은 수준으로 익히기 위해서는 많은 돈을 필요로 하는 법이다. 많은 독을 흡수해야만 하니까.

그렇다면 많은 종류의 독을 어디서 구할 수 있을까?

지금까지야 직접 채취를 하거나, 키우고, 만들어 내며 조달해 왔지만 결국에는 한계가 있을 수밖에 없다.

독공의 경지가 올라가는 만큼 독공을 익히기 위해서 좀 더 높은 수준의 독을 필요로 하는 것은 당연하기 때문이다.

'세상만물이 독이라고는 하지만……'

아무래도 강하고 수준 높은 독을 이용하면 더욱 독공을 익히기가 편한 법이다. 많은 독을 얻어야 사용할 수 있는 독의 종류가 많아지기도 하고.

그러니 결국 독존황이 말한 의원이란 것이 지금 자신의 처지에 딱 맞아 떨어지는 일이다.

"흐음…… 뭐 반쯤은 돌팔이인데 의원 행세 하는 게 마음에 걸리긴 하지만 어쩔 수가 없네요."

—허헛. 뭘 그리 걱정하느냐. 기공 치료라는 것도 있잖으냐?

기공치료. 쉽게 말해 내공을 이용해서 몸을 살피고 기를 북돋아 치료를 하는 치료법을 말한다.

"그거야 그렇지만……"

어째 제대로 익힌 것도 없으면서 행세를 한다는 것에 작게 거부감을 느끼는 왕정이다. 왜인지 모르게 사기를 치는 느낌이 들기 때문이다.

하지만 독존왕은 그런 것에 대해서는 전혀 생각지 않는

듯했다. 아니, 그에 대한 대비책이 있어 보일 정도다.

　—너무 걱정 말거라. 이 할애비가 옆에서 최대한 도와줄 테니. 그래도 마음에 걸리느냐?

　"……뭐 조금은요."

　사냥꾼 일은 보통 사람들에 비해서 부상이 잦은 편이다. 조심한다고 하더라도 어쩔 수 없이 생기는 부상이 있다.

　일종의 직업병인 셈이다.

　자잘한 부상의 경우에는 보통 대대로 사냥꾼에게 전해지는 치료법을 쓰기도 한다. 하지만 부상이 경미한 정도를 넘어가면?

　의원을 찾아가는 수밖에는 달리 선택권이 없다.

　재밌는 건 그렇게 찾아간 의원들의 경우 제대로 된 의원을 찾아보기가 힘이 든다는 점이다.

　동네에 있는 의원이라고 해봐야 수준이 고만 고만하기 때문에 벌어지는 일이다. 그렇다고 유명한 의원을 찾기엔 돈이 많이 든다.

　그렇다 보니 사냥꾼 일을 업으로 했던 왕정의 경우에는 돌팔이 의원에 대한 거부감이 꽤 있는 편이다.

　'제대로 치료도 하지도 못하면서 돈만 받아먹는 버러지 같은 놈들.'

　이라 생각하고 있었으니까.

그런 자신이 그런 돌팔이 의원 짓을 하게 되었으니 거부감이 드는 게 일견 당연하기도 했다.

헌데 독존황은 거기에 해법을 제시해 줬다.

—그렇다면 돈이 없는 서민들에게는 돈을 조금 받도록 하거라. 할 수 있을 만큼 해 보기도 하고.

"그래도 괜찮을까요?"

—아무렴. 네 작은 기공 치료조차도 받지 못해서 죽는 양민이 태반이다. 최선을 다하면서 돈까지 적게 받는다면 무에 걸릴 게 있겠느냐?

"음……."

독존황의 말도 맞다.

그나마 양민치고는 돈 좀 있다는 사냥꾼도 의원을 찾아가는 것이 힘들다. 모두 비싼 치료비를 감당하기 힘들기 때문이다.

돌팔이 의원도 높은 돈을 받고 의원 행세를 하니 작은 병도 제때 치료를 못해 죽는 양민들이 수두룩하다.

비록 왕정 자신의 수준은 낮다.

하지만 독과 약초에 지식이 깊은 독존황의 도움과 낮은 가격이라면 괜찮을 법도 싶었다.

굳이 표현을 하자면 양심의 거리낌이 조금은 나아지는 기분이라 할 수 있달까. 결국 고민 끝에 왕정이 긍정을 표했다.

"해 보죠, 한번. 까짓것 안 되면 돈 안 받고 치료를 해 주면 되죠 뭐."

—허허. 그러면 되는 거다. 어차피 큰돈이야 해독단으로 벌어들이면 되니까. 의원 행세는 다만 쉽게 독초를 구하기 위함이 아니더냐.

"예. 가만 생각하니까 무공도 닦으면서 사람들도 치료해 주는 거잖아요. 나쁠 거 없겠어요."

—허헛. 그래, 그래.

자신의 제안이 먹혀들어서인지 기꺼워하는 독존황이었다.

그렇게 왕정은 감숙성 행의 끝과 함께 자신의 앞으로에 대한 결정을 내렸다. 비록 반쯤은 돌팔이지만 이제 의원 행세 시작이다.

*   *   *

"역시 여기가 좋겠네요."

동물이나 사람이나 익숙한 곳을 편하게 여기는 법이다. 낯설음이라는 것은 때로 참을 수 없는 고통이 되기도 하니까.

왕정은 전에 있던 마을로 다시금 돌아왔다. 철광이 있고, 억척스러운 약초 판매 아주머니가 있으며 정이 넘치던 그 곳이다.

이곳에서 그리 오랜 시간을 보낸 것이 아님에도 왕정이 제이의 고향 정도로 느낄 정도이니 꽤나 매력 있는 곳이 아니던가.

게다가 사혈련과의 문제로 정파의 영역을 벗어날 수도 없는 왕정으로서는 최선의 선택이기도 했다.

천하의 사혈련이라고 할지라도 감히 정파의 최고 영역이라 할 수 있는 하남성까지 올 수는 없을 테니까.

"그나저나…… 이거 감숙에 몇 달 다녀왔다고 엉망이긴 하네요."

—사람 손을 타지 않으면 그건 집이 아니라 흉가 아니더냐.

"것도 그렇지요. 흐음…… 꽤 고생 좀 해야겠네요."

해독단을 좀 팔아보겠다고 다녀오니, 집 꼴이 엉망이었다.

실상 혹시나 다시 돌아오지 않을 수도 있다고 생각해서 관리를 제대로 하지 않은 점도 있긴 하다.

감숙에 갈 때까지만 해도 자신이 의원 행세를 할 거라고는 생각하지는 못했으니까.

어쨌거나, 다시 하남의 평여로 돌아 온 왕정은 자신이 원래 머물던 곳을 갈고 닦으면서 본래의 상태로 만들 뿐이었다.

"한 일주일 고생하니까 볼 만해 졌네요."

—그렇구나.

집을 청소했다. 흉가와 같은 곳에서 머무를 수는 없으니 일 순위로 정비를 한 곳이다.

다음으로는 집 주변을 정리하고, 화전으로 일구었던 약초밭의 잡초들을 다시 정리하기 시작했다.

혼자 하기는 했지만 무공을 갈고 닦았던 몸이어서 그런지 생각보다는 오래 걸리지 않았다.

'무공을 익히기 전이었다면 못해도 이 주는 더 걸렸겠지.'

체력이 올라가고 내공이 있으니 보통 사람들보다는 빠르게 일을 할 수 있었던 거다. 아니었다면 꽤나 고생을 했을 게 뻔하다.

"에…… 약초들도 다시 심고 하려면 시간이 더 걸리겠죠?"

—아무렴 당연한 이야기 아니더냐.

"그러면 역시 의원 일부터 개시를 해야겠네요."

약초밭을 꾸리는 거야 차분히 하면 되는 거다. 약초도 식물이니 심는다고 바로 나고 자라는 것은 아니니까 시간이 필요하기 때문.

그렇다고 약초가 자라길 기다리고만 있을 수는 없으니 의원 일부터 시작을 하는 게 딱 맞는 셈!

당장에 가지고 있는 의술이라고 해봐야 해독 능력을 빼고는 별거 없지만, 독존황의 도움이면 어찌 될 거라 여기는 상황이다.

기를 이용해서 상대의 몸을 북돋아 줄 수 있는 기공치료를 행하면 어지간한 잔병이야 금방 치료해 줄 수도 있을 거고.

그런 의미로 꽤나 허술해 보이지만 의원 일 개시다!

＊   ＊   ＊

"에이. 종류별로 구매하는데 조금만 싸게 해줘요."

"에헤이! 동생, 오랜만에 돌아와서 너무 박해졌는데? 응? 이미 돈 벌었다는 소문이 크게 났다고!"

약초를 사러 온 왕정이다. 허술한 돌팔이이긴 해도 기본적인 준비는 해야 한다 여겼기에 애써 마을에까지 내려 온 거다.

찰과상을 치료해 주는 약이나, 고통을 잠시 완화해 주는 약 정도는 왕정도 만들 수 있었으니까.

따로 의원 일을 배워서가 아니라 사냥꾼으로서 배운 기술 중에 하나다. 일종의 비상약을 만드는 기술 정도라고 보면 된다.

가만있을 수만은 없으니 약을 만들러 왔는데 문제는 역시 약초 판매상의 부인이었다! 전에도 사슴 고기를 강탈해 갔던 그분!

'대체 어디서 소문을 들은 거야……'

자신이 돈을 많이 벌기는 했다. 금자로만 사백오십 냥 가치의 전표를 얻었으니까.

오십 냥 정도를 금자로 바꾼 지금도 금자 사백 냥짜리 전표를 가지고 있으니 분명 보통 사람들보단 부자다.

하지만 그런 소문을 과연 어디서 들었을까!?

무슨 용빼는 재주를 가진 건지 몰라도 약초 아주머니는 자신이 돈을 가지고 있는 것을 이미 다 안다는 투였다.

왕정은 짐짓 넉살을 떨면서 물었다.

"대체 제가 돈을 어디서 크게 벌었다고 그래요. 하하. 누님도 참."

"어머. 어머. 누님이라니요! 저 같은 가난한 아낙이 어찌 대단한 부자님의 누님이 되겠습니까요?"

확실히 왕정의 넉살 이상인 약초 아줌마다!

"아이 참. 대체 어디서 그런 이상한 소문을 들은 겁니까?"

"이 펑여가 워낙에 좁지 않습니까요? 큰 전표 하나 왔다 가면야 소문은……호홋. 금방입지요."

이런. 이제야 누가 소문을 냈는지 알 법했다.

'실수네…… 당연한 건데.'

금자로만 오십 냥짜리 전표 하나를 이 지역에서 바꾼 게 실수다. 이럴 줄 알았으면 다른 곳에서 미리 바꿀 것을.

펑여로 다시 돌아온다는 생각만 하느라 전표를 다른 곳에서 바꿔야만 한다는 것을 생각지 못한 것이다.

"에이…… 본래 소문이란 게 과장이 붙는 법 아니겠습니까?"

"금자 오십 냥짜리 소문에 과장이 있을 리가요."

"……후."

액수까지 정확히 알 줄이야. 이렇게 되면 다 알고 있다는 거나 마찬가지다.

아마 나중에 독협이라는 소문도 같이 따라오게 되면 무공을 이용해서 일확천금을 벌었느니 어쨌느니 하는 소문이 펑여에 돌겠지.

이미 벌어진 소문이야 어쩔 수 없다 하더라도 문제는 앞으로다.

'여기에 뿌리를 박고 거래를 계속하면서 살긴 해야 하는데…… 곤란하네. 확실히 저 아주머니는 만만치가 않단 말이지.'

왕정은 다시는 평여에서 전표를 바꾸지 말아야겠다고 다짐했다. 역시 시골 내에 소문이란 무서운 것이다!

누님과 동생이라는 친근감으로 가격을 깎을 수 없다면 이제는 강수를 둘 수밖에 없었다.

"누님. 이런 말 들어 보셨어요?"

"무슨 말씀인지요."

"하하. 별거는 아니고 있는 놈이 더하다는 말이요."

"에?"

아주머니의 약간의 당황은 무시한 채로 왕정은 계속해서 말을 이어나갔다.

"……에이 뭐. 지금까지야 누님과의 정으로 사슴 고기도 드리고, 약초 거래도 해 나갔지만…….."

"나갔지만……?"

"이렇게 나오신다면야…… 방법이 없지 않겠습니까? 좀 멀어도 윗마을로…….."

왕정은 정말로 윗마을로 가겠다는 듯이 몸을 움직이려는 시늉을 했다.

그로서도 이곳 약초상의 내외가 마음에 들어 거래를 계

속하고 있었다. 일종의 정인 셈이다.

하지만, 이런 식으로 돈을 높게 받으려 하면 그도 다른 약초상에 갈 수밖에 없는 거다.

결국 아줌마도 항복 신호를 보냈다!

"호호홋. 동생, 그렇게 가면 이 누님이 섭하지."

"예? 아까는 가난한 아낙네가 아녔습니까요?"

"호홋……, 가난한 아낙네긴 하지. 누님이기도 하고."

"그런가요? 흐읍…… 그래도 제가 사준 약초들이 꽤 돼서 가난하지는 않을 텐데요."

약초상쯤 되면 보통의 양민들보다는 많이 돈을 번다.

의원들을 상대로 약초를 판매하기도 하고, 약제라는 것 자체가 워낙에 귀한 취급을 받으니까.

그런 의미로 보자면 지금까지 약초상 아줌마의 말은 모두 엄살이라고도 볼 수 있는 거다.

"호호. 요즘 동생이 어디 멀리 가 있었잖아? 덕분에 약초들을 사 줄 사람이 없어서 약초가 쌓여 버렸다구."

"그런가요?"

"아무렴! 동생 주려고 바곳도 한가득 구해놨는데 동생이 안 사고 어디론가 가서 손해가 막심했다니까아?"

동생 주기는 무슨!

비싼 값에 바곳을 팔려고 구매를 해 놨는데, 그가 없어져서 곤란하기는 했겠지만 아무리 그래도 공짜로 주지는 않았을 거다.

하지만 거래를 하려면 이런 작은 점은 넘어가야 하는 법.

왕정은 다시 순진한 동생이 되었다는 듯 표정을 조절하며 입을 열었다. 이미 이 거래의 승기는 반쯤 넘어온 상태!

마무리를 잘 해야 했다!

"……하핫. 뭐 그렇다면야 바곳 정도는 여기서 구매해야겠네요. 하지만 다른 약초는 역시……."

"호홋. 덤도 좀 줄 게. 응? 좋은 게 좋은 거 아니겠어?"

"그러려나요. 흐음……."

잠시의 침묵은 상대를 안달 나게 하는 데 유용하다. 아줌마도 결국엔 완전 항복을 할 수밖에 없었다.

어쨌거나 왕정은 이 평여에 얼마 되지 않는 큰손인 셈이다! 적어도 약초 구매만큼은!

"바곳 열 근은 덤으로 줄게! 동생? 이 정도면 꽤나 손해 보는 거라고."

"하하. 그렇게까지 동생을 생각해 주신다면야…… 한번 해 볼 만하네요."

"아무렴!"

거래 성립이다.

'이 정도쯤 해 두면 앞으로 약초 구매할 때는 알아서 싸

게 해 주겠지…….'

정 안 되면 다른 곳에 가서 구매하는 것도 수라면 수고.

왕정은 이제 되었다고 여겼기에 본격적으로 필요한 약초들을 말하기 시작했다. 의원 일을 하기 위한 기반을 마련하는 것이다.

"약방에 감초는 기본이고…… 아까 말한 바곳에다가 열 근을 더해 주시고…… 아차차. 황기도 더해 주세요. 그리고……."

"보자. 감초는 열 근?"

"네. 아홉 근에 한 근은 덤인 거 아시죠?"

"에헤이…… 동생. 그러면 남는 돈이 없다고."

조금씩, 아주 조금씩 신경전을 펼쳐가면서 약초를 구매해 가는 그다.

'하여간에 이곳도 재밌는 곳이라니까…….'

왕정은 그런 아줌마와의 실랑이를 재미로 여기며 하나둘씩 의원을 위한 준비를 차곡차곡 해 나가고 있었다.

第四章

폐업해야 하나?

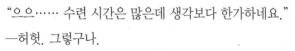

"으으…… 수련 시간은 많은데 생각보다 한가하네요."

―허헛. 그렇구나.

약초밭을 다시 만들고, 약초들을 보관할 약초함을 만드는 것은 그리 힘든 일이 아니었다.

약초함이야 마을 목수들에게 돈을 주고 주문을 하면 되었고, 약초밭을 만드는 거야 전에도 해 본 일이었으니까.

바곳 꽃부터 시작을 해서 키우기 쉬운 것들로만 심었으니 일의 난이도가 낮기도 했다.

약초도 아줌마와의 실랑이를 통해서 덤도 얻어가면서 구해 왔고, 그 약초들을 이용해서 수준은 낮지만 비상약도 몇 만들어 두었다.

진통제, 찰과상 약 정도지만 아주 없는 것보단 나았다.

문제는 의원을 하기 위한 환경을 만드는 것이 아니라, 다른 것에 있었다. 바로 의원에 필수적으로 필요한 것이!

환자가 없었다!

"생각해 보니…… 저 의원치고 꽤 믿음직하지 못할 거 같긴 하네요."

—허허…….

말이야 바른 말이지 의원 간판을 올렸다고 다 의원은 아니지 않는가.

약초밭을 만든 것이나, 사냥꾼으로 알려진 왕정이 급작스레 의원을 하겠다고 나섰으니 믿음이 안 가는 것도 당연했다.

아마 평여의 다른 사람들이 보기에는.

"돈 좀 생겼다고 하더니 어디 약들 좀 사왔나?"

"그렇다고 해도 의원은 좀 힘들지 않겠어? 약초만 다룬다고 다 의원이 아닐 텐데."

"것도 그러네…… 흐흠…… 요즘 몸이 영 시원찮은 게 한번 들러 볼까 했더니 안 되겠구먼."

"예끼. 이 사람아. 돌팔이 의원한테 몸 맡겼다가는 골병

드네! 그런 소리 말고 일어나 하러 갑세."

"것도 그렇구만? 알겠으이."

믿음직하지 못한 돌팔이가 될 수밖에 없는 것이다.

왕정이 의원으로서 성과를 보인 적도 없으니, 마을 사람들의 이런 반응은 당연한 일이었다.

왕정도 뒤늦게서야 이를 깨달았으나 달리 수가 없었다.

"이제 와서 다른 곳으로 갈 수도 없는 것이고…… 간다고 해도 거기서도 힘들겠죠?"

—아무래도 그렇지 않겠느냐. 지역마다 의원이 이미 있기도 하고.

"예. 그나마 여기는 제대로 된 의원이라고는 하나도 없어서 온 건데 말입죠."

역시 믿음이 문제다.

아무리 한적한 이곳이라도 아픈 사람이 한 명도 없을 리가 없지 않은가. 고뿔 하나라도 걸린 사람이 분명 있을 거다.

그런데도 이곳에는 파리만 날리고 있으니, 무슨 계기가 필요하긴 했다. 의원으로서 자신을 믿게 할 만한 계기!

"으음……. 에라 모르겠네요."

—허헛. 수련이나 하려무나.

"예이. 예이. 때가 되면 기회가 생기겠지요."

뭐, 의원으로 대성하자고 의원을 차린 것은 아니지 않는 가. 있다 보면 분명 기회는 올 거다. 억지로 기회를 만들 수도 없는 일이니까.

때를 기다리면서 끊임없이 움직이는 왕정이었다. 남는 시간 수련이라도 하기 위해서!

                    *   *   *

두 달이 더 지났을까?

"흐음…… 이제는 독단 만드는 것도 꽤 능숙해진 거 같네요."

─그런 거 같구나. 팔 할 정도의 성공률이니…….

평화로움을 자랑하기라도 하는 듯 평여에 열린 왕정의 의원은 이제 파리 새끼조차 보이지도 않았다.

그동안에 왕정도 가만히 있기만 한 것은 아닌지라 수련의 성과를 조금씩 내보이기 시작했다.

기공 수련 겸 부업으로 하고 있는 해독단 만들기는 이제 성공률 팔 할을 넘어 구 할에 가깝다! 그것도 백해단 기준으로!

예전에는 십해단 하나 겨우 만들던 것도 이제는 과거 이야기가 되었을 정도라 이 말이다.

　─한 번에 여럿을 만들어 보거라.

　─좀 더 집중해서!

　─어허! 너무 힘이 들어갔다.

　독공 하나로 천하를 아우르던 독존황이 옆에 붙어 세세하게 가르쳐 주니 실력이 안 붙으면 그게 이상하기도 했다.

　거기다 독공의 경우에는 이제 육성의 완숙에 들어가고 있었다. 쉽게 말해 절정에 이른 자신의 힘을 잘 조절할 수 있는 경지에 왔단 소리다.

　해독단을 만들기 위해서 내공을 세밀하게 조절하다 보니 자연스레 기감도 늘어난 덕분이다.

　"흐음……. 이대로 내공만 더 채우면 칠성까진 무난하겠지요?"

　─아무렴. 다시 팔성에 가는 데는 깨달음이 필요하긴 할 게다.

　"헤에……. 꽤 어렵네요?"

　─연독기공이 괜히 대단한 무공인 줄 알았더냐? 허허.

　"것도 그러네요."

　별거 아닌 기공이었다면 자신이 이렇게 빨리 강해질 리 없었다. 마공이기도 하지만 동시에 대단한 무공인 것이다.

　"그나저나 슬슬 해도 져 가고. 오늘도 의원 일은 공치는 거겠네요."

—허허. 오늘은 왠지 다를 듯도 하구나.

"네?"

다르다니? 뭐가?

"아아."

그제야 왕정은 누군가가 울면서 다가오고 있다는 것을 깨달았다. 독존황이 자신보다 먼저 느끼고 그리 말한 것이다.

"왕정 형아아!"

"어? 칠우(七偶) 아니냐."

칠우. 이제 아홉 살 정도 된 아이다.

가끔가다 왕정의 약초밭에 와서 일을 도와주고 품삯으로 적당히 수고비를 챙겨 가는 마을 아이였다.

가난한 부모 밑에서 자라는 아이지만, 환경에 비해서 꽤 밝은 성격을 가진 아이다.

일도 열심히 하고 타고난 붙임성 덕분인 건지 왕정으로서도 왠지 모르게 도와주고 싶은 아이기도 했다.

그런 아이가 며칠 만에 모습을 보여서는 울면서 뛰어 온다. 무슨 일이 있는 게 분명한 상황이다.

꽤나 다급한 일이 분명할 터! 보통의 아이가 다급한 일이라고 하면?

"형! 형 의원이라고 했죠?"

"아? 어."

……돌팔이기는 하지만.

의원이다.

절정의 내력으로 말미암아 기공 치료로 잔병 정도는 완쾌 가능한 수준이기도 하다. 절정이 되면서 독력도 조절할 수 있어 안전하기도 하다.

'하지만 대단한 수준은 결코 아니다. 어쩐다…….'

자신이 의원인 것을 묻는 걸로 보아 의원을 필요로 하는 다급한 일일 터.

첫 손님의 등장에 왠지 모르게 긴장을 하는 왕정이었다.

왕정의 긴장에는 아랑곳하지도 않은 채로 칠우가 다급히 왕정의 팔을 잡아챘다.

"형! 어서 우리 집으로 가 줘요! 아버지가! 아버지가!"

"으음…… 알았다. 가자."

하기야 지금 뭘 따질 겨를이 있을 상황이던가. 사람이 아프다는 데 시간을 끄는 것도 도리는 아니다.

"으차아."

"혀, 형?"

왕정은 당황하는 칠우를 품에 안은 채로 재빨리 경공을 펼치기 시작했다. 녀석의 집은 알고 있으니 시간을 줄이려는 게다.

생각지도 못하게 첫 손님을 받고 있는 왕정이었다.

＊　　＊　　＊

"ㅇ.ㅇ.ㅇ……ㅋㅇ."

신음을 하고 있는 칠우의 아버지다. 딱 봐도 몸에 열이 보통이 아닌 상황이다. 원인은?

'기가 약해…….'

기를 흘려 넣어 진맥을 해 보니 대충 감은 온다.

—허하구나.

독존황의 말대로 기가 허하다.

칠우의 집안은 찢어지게 가난한 집이었다.

아버지인 자가 열심히 일은 하지만 칠우의 이름을 보면 알 수 있듯이 자식이 많다 보니 일을 해도 먹는 입이 많다.

가족의 수가 많으니 벌이에 비해서 쓰는 돈이 더 많다는 소리다. 칠우같이 자식들이 일을 돕는다고 해도 한계가 있어 가난을 벗어나지도 못하는 상황.

하지만 칠우의 아버지는 그런 가난 속에서도 가족의 소중함은 아는지 항상 열심히 일을 해 왔다.

비가 오든 눈이 오든 언제나 일터에 나가서 일을 하는 자니까. 부지런함으로는 왕정 이상인 자가 칠우의 아버지다.

하지만 결국 그런 고된 노동이 독이 된 셈이다.

칠우의 아버지가 내공이 있는 것도 아니고, 몸을 보할 약재가 있는 것도 아니지 않는가.

'그런 상황에서 무리해 가며 일을 했으니……'

쉽게 말해 골병이 들어 버렸다.

기는 허하고, 몸은 쇠했다. 거기에 더해 자식에게까지 양보해 가면서 음식도 제대로 먹지 못했으니 큰 병이 생겨버린 거다.

"흐음……. 얼마나 되셨느냐?"

"……그게 쓰러지신 건 오늘이시고 전부터 조금씩 힘들어 하시긴 했어요."

"확실히…… 작은 병을 키우셨구나."

조금 몸이 골골대면 며칠 쉬면 낫는다. 자연 치유력이란 게 있으니까.

하지만 이 사람은 우둔하게도 자식들을 먹여 살리겠다고 쉬지도 않았다. 피로가 쌓이고 몸의 균형이 무너졌다.

그래도.

'그나마 다행이다.'

이런 종류의 병은 왕정도 치료할 수 있는 병이었다. 큰 병이 아니고, 단지 골병이 들고 기가 허해진 것 정도는 기공으로 치료가 가능하니까.

돌팔이인 그의 특기라 할 수 있는 기공 치료가 되니 희망
은 있는 셈인 거다.

진단을 마친 왕정은 칠우를 바라보면서 지시를 내렸다.

"우선 칠우 너는 가서 깨끗한 천에 뜨거운 물을 적셔 오
거라."

"에?"

"땀을 닦아야 치료도 시작할 거 아니냐. 꽤 많이 필요할
테니 여러 개 해오도록 해라."

"으, 응! 알았어, 형아!"

'됐군.'

이 정도의 일은 칠우면 충분히 할 수 있을 거다. 약초밭
일을 거들어 주는 것 보다 쉬운 일이니까.

이제 자신이 해야 할 일은?

"첫 치료가 되겠네요. 첫 환자기도 하고."

─허허. 그래! 영업 개시로구나.

치료다.

가족을 위해서 일하다 골병이 들어버린 한 가장의 치료.
처음 치료하는 것 치고는 꽤 가치 있는 치료이지 않은가?

＊　　　＊　　　＊

'칠우를 봐서라도……'

치료비 한 푼 받기 힘들지만 제대로 치료를 해야 했다.

거기다 칠우의 아버지도 불쌍하지 않은가. 가난한 집안의 가장으로 살아가면서 제대로 된 식사 하나 못해 이런 상황이 된 셈이니까.

그들을 구해 주는 구원자는 되지 못해도, 적어도 그들을 절망에 구렁텅이에 넣고 싶지는 않은 그였다.

해서 그는 받는 것도 없이 성심을 다해서 치료를 했다.

자신의 기를 이용해서 기를 북돋아 줌은 물론이고, 약초밭에 있던 약초들을 구해서 보약을 만들어 줬다.

대단한 수준의 보약은 아니었지만 작게나마 기를 보해 주는 정도의 수준은 되었다.

애당초 칠우 아버지의 병이 큰 병은 아니었기에 그 정도만으로도 충분히 도움이 되었다.

그런 식으로 왕정이 칠우 아버지를 치료하는 데 들인 시간은 열흘 정도. 큰 병은 아니어도 기가 크게 상해 시간이 좀 걸렸다.

그리고 그 과정이 지나 치료가 모두 끝나고.

"아이고 감사합니다! 감사합니다요!"

"형아! 고마워요."

"이이를 살려주셔서 감사합니다. 흑⋯⋯. 해드린 것도 없는데⋯⋯ 정말로 감사합니다."

칠우의 아버지, 어머니. 다른 나머지 자식들까지 왕정에게 진심 어린 고마움을 표했다.

"⋯⋯해야 할 일을 했을 뿐입니다."

"그래도, 감사합니다요. 이 은혜는 제가 어떻게 해서든 꼭 갚겠습니다요!"

"아닙니다. 가족을 부양하는 게 먼저지요. 제 생각은 마시고 우선 몸부터 추스르시지요."

"아이쿠. 그래도⋯⋯ 이 은혜를 어찌 그냥 넘어갑니까요."

"정말 괜찮습니다. 그럼 이만 가 보도록 하겠습니다."

왠지 모르게 민망함을 느끼고 있달까?

분명 자신이 한 일은 옳은 일이었다. 사람 하나를 살리는 일이었으니까. 잘한 일이라 할 수 있다.

하지만 왜인지 몰라도 칠우의 가족들이 감사함을 표하고 나서자 민망함이 더욱 컸다. 그들의 감사함이 진실이기에 더욱 그러했는지도 모른다.

별거 아닌 일을 해 주고 큰 과례를 받는 기분을 느껴 버렸으니까.

"작은 약초 몇 개에⋯⋯ 기 치료 좀 하고 감사를 받으니 좀 그러네요."

—뻔뻔한 네가 그런 민망함도 느낄 줄 아느냐? 약초상을
휘어잡던 손주는 어디로 갔더냐. 허허.

"에…… 뭐. 거래를 할 때야 상관이 없지만 왠지 저런 따
뜻함은……."

민망하다.

어쩌면 자신은 가족을 잃은 지 오래이기에, 저런 따뜻한
정을 느끼면 민망함이 먼저 와 닿는 걸지도 모르겠다.

'익숙지 않은 감정이니까…….'

그래도 좋은 일은 했다. 사람 하나를 살렸으니 누가 뭐라
할까.

"에휴. 수련이나 하는 게 속 편하겠어요. 의원 일도 이거
원 좀 안 맞는 거 같기도 하네요. 하하."

—허허. 그러냐. 내가 보기엔 맞는 듯한데 말이다.

독종황이 보기에는 진정 그리 보였다.

왕정은 분명 명의는 아니지만 사람을 살렸다. 그것도 아
무런 대가를 바라지도 않고 오직 마음만으로!

의술의 경지는 낮을지언정 인의(仁義)를 실천했다 할 만
하지 않았던가.

비록 사파의 고수로 있으면서 사람을 여럿 죽였던 독존
황이지만, 그도 사람과 사람 간의 도리는 알았다.

약자를 핍박하는 성격도 아니었으며, 자신이 나서 양민들을 괴롭히지도 않던 그다.

되려 어지간한 정파의 고수들보다도 그런 평범한 도리를 실천했기에 그가 정파에서도 대우를 받았는지도 모르겠다.

무에 미쳤으며, 무공에 한없이 엄격함을 보여도 그 외에 부분에서는 인간적인 자가 독존황이었던 것이다.

그런 성격을 지닌 독존황이었기에 이번 왕정의 인술을 더욱 높게 쳐주었을지도 모르겠다.

피는 이어지지 않았으나 자신의 손주가 된 아이가 바르게 자라고 있는 모습을 보여주고 있으니까.

"에이, 몰라요. 그냥 마음이 가는 대로 한 거죠 뭐."

―그래 그거면 되었다.

사람 하나를 살리고 다시 자신의 집으로 돌아간 왕정.

아무런 대가도 바라지 않은 그런 왕정의 행동은 조금씩 변화를 만들어 가고 있었다.

"형아!"

"응? 칠우야. 아버지나 모시고 있지 여기는 왜?"

이튿날이 되자 가장 먼저 칠우가 찾아 왔다. 아버지를 살려달라고 자신의 팔을 끌던 아이가 웃으며 찾아 온 거다.

그러고는.

"에. 아버지가 괜찮다고 했어. 몸도 움직일 만하다고, 간호는 필요 없다던걸."

"그래도……."

거의 치료가 되었던 칠우의 아버지다. 칠우의 말대로 간호가 없어도 혼자 쉬는 것 정도는 할 수 있을 거다.

그래도 이왕이면 간병인이 있어야 더 좋지 않겠는가.

'대체 왜 여기를 온 거지?'

집안일을 위해서 품앗이를 할 정도로 아버지에 대한 사랑이 꽤나 큰 칠우다. 그런 그가 아버지를 두고 온 이유는 대체 뭘까?

답은 생각보다 쉽게 나왔다.

"헤에……. 그래도 형이 우리 아버지 치료해 줬잖아. 그러니까 나도 도와야지."

"도와?"

"응! 약초밭에 잡초 내가 다 매어줄게!"

"하하. 이거 참……."

순수한 마음이다.

자신을 도와줬으니 자신도 도와주겠다는 그런 순수한 마음. 은혜를 갚으려는 작은 마음이지만 그 순수만큼은 컸다.

그렇기에 왕정은 칠우의 말을 거절할 수도 없었다.

아마 거절하고 간호를 하러 가라고 해도 그 특유의 고집으로 어떻겠는 밭을 맬 거다.

"슬슬 겨울잠 자던 뱀들도 나왔을 테니까. 뱀 조심하고. 알았지?"

"응!"

"같이 가고 싶지만 이 형도 할 일이 있어서 그러는 거니까. 꼭 조심해!"

"응응! 갈게!"

익숙하다는 듯이 마당에 있는 호미를 쥐고 달려 나가는 칠우다. 그리고 그런 그가 사라지고 그대로 남게 된 왕정.

"이거…… 일을 해 주니 좋기는 한데 좀 얼떨떨하네요. 여전히 민망하기도 하고……."

─보기 좋기만 하구나.

"에이. 요즘 할아버지는 항상 다 좋다고만 한다니까요. 어쨌거나 약초나 마저 다듬어야겠어요."

─허허. 세상 다 산 애늙은이 같던 네 녀석도 민망해하니 재미있어 그런 게다.

"이익…… 몰라요."

괜히 사람만 더 민망하게 하네.

하지만 그를 민망하게 하는 일은 이게 끝이 아니었으니! 칠우의 아버지가 일어나고 며칠 후부터 평여에는 크게 소문이 돌기 시작했다.

"왕정이라는 아이가 의원으로도 제법 한다지?"

"아무렴. 칠우 아버지도 살려줬다던데?"

"그랴? 하기야 얼마 전까지만 해도 골골대더니 오늘은 쌩쌩한 거 같더구만."

처음 시작은 칠우의 아버지가 달라졌다는 것에서부터였다.

가난과 일에 찌들어서 좋지 못한 안색만을 보여주던 칠우의 아버지가 달라졌다. 큰 힘을 가지게 된 건 아니지만 분명 건강을 되찾았다.

거기다 왠지 모르게 전에 비해서 여유까지 있어 보이는 칠우 아버지였다.

실상은 왕정이 기공 치료를 하면서 기를 북돋아 주다 보니 몸의 균형을 찾은 덕분이었다. 겉으로는 표가 안 나도 칠우 아버지가 느끼기로는 십 년은 젊어진 기분일 거다.

기를 북돋아 준다는 것도 그럴 정도의 효능은 있었다.

그렇게 기운을 차리게 된 칠우 아버지는 자신을 보고 수근대는 자들에게 자신의 경험을 숨기지 않고 말했다.

안 그래도 파리만 날리는 의방을 열고 있는 왕정이니, 그를 돕기 위해서라도 소문을 내기로 작정했기 때문이다.

"하하. 왕정이라고 하지 말게나. 그분은 아이가 아니라 고명한 의원님이여! 의원님!"

"사람들 말대로 정말 왕정이란 아이가 치료해 준……."

"어허! 의원이시래도!"

"그랴. 진짜로 왕정이란 의원님이 치료를 해 주신 건 가?"

"아무렴! 나를 봐주시면서 골골대던 몸을 단박에 치료해 주셨구만!"

"허어……."

마을 사람들은 감탄을 하며 칠우 아버지를 다시 보기 시작했다.

하기야 골골대던 자가 열흘 만에 보통사람보다 활력이 넘치게 되었으니 꽤나 극적인 변화라 할 수 있다.

환골탈태 정도는 아니더라도 사람이 달라졌다는 말은 붙일 만하지 않은가!

그런 그의 변화에 조금이지만 호기심이 생기는 그들이었다.

'나도 한번 찾아가 볼까나. 그래도 의원이니 가격이…….'

하지만 문제는 역시 가격이다. 의방이란 곳은 양민들로서는 큰 병이 아니고서야 이용하기 힘든 곳이다.

돈이 보통 드는 것이 아니니까!

그런데 칠우의 아버지는 그런 그들의 고민을 단박에 해결을 해 주었다.

"왕정 의원님이 의원 일 하면서 돈은 그리 안 받겠다고 하시더구만."

"그려? 어째서?"

"그 뭐냐…… 자신이 돌팔이여서 높은 돈을 받을 수 없다고 말은 하시는데……."

왕정이 실제 칠우 아버지에게 했던 말이다. 찢어지게 가난한 칠우의 집에 치료비를 받을 생각이 없기에 했던 핑계.

하지만 그런 핑계는 지금 칠우 아버지에 의해 조금 각색된 이야기로 재탄생되고 있었다.

"내가 보기에는 그 뭐냐…… 인술? 그려 인술을 행하시는 거지! 실력이 있으신데 아낌없이 도와주시는 거여!"

"그런 건가?"

"아무렴! 왕정 의원님이 실력이 없었으면 어디 내가 살아날 수 있었겠는가? 자네는 모르지만 나 지난 열흘 전에 말여……."

그렇게 자신이 쓰러지고 치료를 받던 열흘간의 기록을 설명하는 칠우 아버지였다.

성심성의껏 왕정이 치료를 해 주던 것, 치료비를 받지도 않았던 것, 치료를 통해 골골대던 몸이 낫게 되는 것까지!

꽤나 화술에 재능이 있는 칠우 아버지의 이야기는 왕정에 대해 호기심이 생긴 마을 사람들이 흠뻑 빠져들기에 적당했다.

그리고 그 이야기의 효과는 크게는 마을에 '인의'가 나타났다는 소문으로!

작게는 왕정에게 의원 행세를 할 수 있게 하는 환자들로 나타났다!

파리만 날리던 그의 작은 의방이 드디어 본격적으로 평여 사람들의 의방으로 변모하고 있는 것이다.

第五章

골병 전문?
아니 해독 전문!

"아이고 의원님! 여기 이 친구가 골병이 들었습니다요!"

처음에 그는 골병 전문으로 소문이 나버렸다.

하기사 처음 치료를 해 준 이가 골병이 들어버려 골골대던 칠우 아버지 아니었던가. 그런 그를 열흘 만에 낫게 했으니 그런 소문은 일견 당연하기도 했다.

그가 의원으로 자리를 잡은 곳이 어디였던가.

평여다!

그럼 평여란 곳은 또 어떤 곳인가? 평지가 없이 산골로만 이뤄진 곳이 평여다.

평지가 없어 크게 농사를 짓기는 힘이 들고, 산에 화전을 일구어도 산에서 농사를 짓는다는 것이 워낙에 힘든 일이다.

괜히 평야지대에서 농사를 짓는 것이 아닌 셈이다.

오죽하면 지역민들이 평지에서 살고 싶다 해서 이름에 평(平)이라는 이름을 굳이 넣어 붙였을까.

그런 평여다 보니 평여의 지역민들을 먹여 살리는 것은 다름 아닌 철광이다!

철광이라도 없었으면 평여는 화전민이나 몇 있던가, 그게 아니면 불모지로 남았을지도 모를 일이다.

그런 평여다 보니 대부분의 주민들은 철광에서 일을 하면서 가정을 꾸려 나가고 있었다.

여기에 산골에서 얻는 약초를 파는 약초상 몇이 번성을 좀 하고 있고, 의원은 하나 정도 있다.

그런 평여에 골병을 치료하는 의원이 나와 버렸으니!

큰 병은 왕정의 말대로 본래 가던 의원을 찾는다고 하더라도 골병에는 그를 찾기 시작한 것이다.

게다가 왕정은.

"에이 뭐…… 이거야 그냥 동전 삼십 냥 정도면 될 거 같네요."

잘 못사는 양민들의 경우에는 치료비를 높게 부르지 않았다. 주머니 사정을 아니 높게 받을 수가 없었던 것이다.

돈을 밝히는 그지만, 억지로 뺏는 성미는 아니다 보니 그의 이런 모습은 일견 당연하기도 했다.

"고맙습니다요!"

"뭘요. 그럼 다음에 또 아프면 오세요."

"예!"

어지간하면 기를 이용해서 북돋아주는 것으로 치료를 하니 원가가 들지도 않는 그였기에 가능한 가격이기도 했다.

"후아……. 오늘만 하더라도 몇 명을 봤는지 모르겠네요."

―허허. 꽤 바쁘긴 해도 몇 달 지나면 수가 줄 거다. 골병이긴 해도 기로 잘 치료하면 금방 나으니까.

"그나마 다행이네요. 그래도 생각보다 괜찮은데요? 이 의원이란 것도요."

―그러느냐?

"예. 생각지도 못하게 수련도 되니까 좋네요."

그렇다. 그가 하고 있는 의원 행세는 대부분 기공 치료를 통해서 이뤄진다.

기공 치료란 뭔가? 기를 이용해서 진찰을 하고, 기를 통해서 환자를 치료하는 게 기공 치료다.

기를 북돋아주고, 기로 막힌 곳을 뚫어주고, 기로서 안 좋은 기운들을 부순다. 오직 기만을 통한 치료인 셈!

일견 단순해 보이기만 한 게 기공 치료이지만, 그런 기공 치료도 분명 어려움이 있긴 하다.

'무인들은 모르겠지만 보통 사람들은…….'

기라는 단어는 알아도 기를 다룰 줄은 모른다.

내공심법을 알지도 못할뿐더러, 그나마 그들이 기에 관련해서 접할 수 있는 것은 무당에서 퍼진 태극권 정도이다.

허나 그나마 있는 태극권마저도 진의(眞意)가 빠져 있는 것이 대부분이었으니!

무인을 제외한 보통 사람들이라 함은 기를 다루는 것에는 완전히 문외한이라고 할 수 있겠다.

그게 현실이다 보니 양민들의 몸은 혈이라는 부분을 놓고 보면 아주 꾹하고 막혀 있다.

본디 혈이란 것은 심법을 돌리지 않으면 차차 막혀가는 법, 양민들은 내공 심법을 돌린다거나 하지 않으니 막혀 있을 수밖에 없는 것이다.

때문에 그런 보통 사람의 몸을 기공 치료로 치료하는 것은 생각보다 어렵다.

막혀 있는 혈에 타격을 가하지 않으면서도 기를 북돋거나, 나쁜 기운을 없애는 식의 행위를 해야만 하기 때문이다.

이를테면 아주 세밀한 작업을 해야 한다는 뜻!

거기다 내공을 주입해서 만드는 해독단과는 또 다른 방식으로 기를 운용해야만 했다. 몇 가지 제약이 붙는다는 소리다.

기공 치료의 목적은 사람을 치료하는 것이기에 일차적으로는 독을 제어해 가면서 기를 불어 넣어야 했다.

평소 독기를 넣어서 해독단만을 만들어 왔던 왕정이니 이것도 일종의 제약이라면 제약이다.

여기에 더해서 아까 언급을 했듯이 막히다시피 한 혈은 자연스럽게 기를 움직이는 것도 힘들다.

막혀 있으니까!

아주 간단한 이유인 셈이다.

그렇다고 혈을 뚫을 수도 없는 것이 기공을 익히지 않은 자의 혈을 뚫을 때 잘못하면 되려 몸이 상하게 된다.

기를 이용할지 모르는 자들이니 뚫는 의미도 거의 없다시피 하기도 하고.

그런 간단한 이유 때문에라도 기공 치료에는 기를 아주 세밀하게 움직이면서 조절을 잘 해내야 했다.

거기다 한 번 주입으로 끝이 아니다!

치료를 하기 위해서는 기를 자신의 몸으로부터 쭈욱 이어가면서 기를 불어넣어야 기공 치료가 제대로 이뤄진다.

막혀 버린 여러 혈들을 이어가면서 기를 불어 넣는 것이 보통의 일이겠는가?

해독단에 일회적으로 기를 주입하는 것도 힘든데 이를 이어가는 것은 분명 더 난해한 일이다.

그런 덕분에 왕정으로서는 환자들 한 명, 한 명을 치료할 때마다 아주 난이도 높은 기 다루기를 하고 있는 셈이다.

막힌 혈이라는 장애물들을 피해 기를 이용해 치료를 하고 있으니까.

'대부분이 기를 북돋아 주는 정도로 치료가 가능한 골병 수준이라 다행이지…….'

아주 악질적인 병에라도 걸려 있으면 그 난이도가 순식간에 상승할 거다. 그런 이유로 그로서는 아슬아슬하니 기공 치료를 해 나가고 있는 셈!

그런 반복된 치료가, 결국 수련의 효과로 나타났다. 결국 무공이란 것에 큰 범주를 차지하는 것 중 하나가 기(氣) 다루기니까!

"으음…… 이런 식으로 하면 적어도 기 다루는 데는 도가 틀지도요."

―허허. 그래도 권법 수련도 빼먹으면 안 되느니라. 도움은 분명 되지만 전투를 할 때와는 다루는 방식이 다르니까.

"그것도 그렇겠네요. 그래도 전보다 더 다루는 게 세밀해진 건 확실해요."

—그건 그런 듯하구나.

이제는 백해단 성공률도 구 할을 넘긴다. 이런 식으로 성장해 나간다면 완전한 십 할의 성공률에 도달할지도 모르겠다.

처음을 생각하면 괄목상대하다 할 만하지 않은가!

"약재를 쉽게 구하려고 시작한 의원 일이 수련에도 도움이 되니…… 세상사 참 신기하다니까요."

—허허. 뭐든 행위를 하게 되면 그 결과가 나오기 마련이지 않느냐.

"예이. 예이. 자아, 오늘도 마무리는 수련으로 해 보자고요."

＊　　　＊　　　＊

수련이 아니면 치료. 그렇게 시일이 지나가고 있었다.

약초밭?

이제는 환자 자식들의 차지가 되었다. 이게 무슨 말이고 하니 칠우같은 아이들이 늘어나고 있다는 소리다.

자신들의 아버지를 치료한 왕정이 아닌가. 그것도 광부들의 직업병이라 할 수 있는 골병들을!

게다가 치료비라고 받는 돈도 굉장히 적은 왕정이다.

자연스레 왕정의 치료를 받은 평여의 사람들로서는 왕정에게 고마움을 가질 수밖에 없었다.

왕정이야 호의 겸 수련으로 싼 값에 치료를 해 준다지만 그들로서는 고된 생활을 한층 여유롭게 해 준 은인이기 때문이다.

평여 사람들이 투박하니 말을 못해서 그렇지, 몸으로 그 고마움을 표현할 줄은 알았다.

해서 아이들이 칠우처럼 명박의 약초밭 일을 돕기 시작한 것이다. 자신들의 아버지, 어머니를 낫게 해 줬으니까.

"자아, 오늘 품삯이다!"

"헤에…… 감사합니다!"

물론 왕정이라고 해서 공짜로 부려먹기만 하지는 않았다. 아이들이 일을 하는 만큼은 수고비 몫으로 돈을 줬다.

처음에 아이들은 어른들에게 혼이 날까 봐 이를 거부했었다. 은혜를 갚으러 왔는데 되려 돈을 받다 부모들에게 혼날 수도 있기 때문이다.

하지만 왕정은 돈을 아예 받지 않는 아이들에게는 다시는 일을 하지 못하게 했다.

'다들 어려우니까. 거기다 돈을 안 받는 건 왠지 찔리기

도 하고⋯⋯.'

자신의 양심에 거리낌이 없기 위해서라도 그 나름 대가를 준 것이다.

서로가 서로에게 은혜를 입는다 여기고, 선의를 베푸는 좋은 상황. 덕분에 왕정은 골병 전문 의원으로 차차 이름을 드높여 가는가 했다.

"감사합니다! 역시 골병 의원님!"

"⋯⋯하아⋯⋯."

골병 전문이라는 되도 않는 칭호는 빼고!

      ＊   ＊   ＊

그러던 어느 날이다!

"으으. 의원님! 의원님!"

"무슨 일이에요? 으음?"

평상시와는 다른 환자가 찾아 왔다. 골병 전문(?)인 자신에게는 생소하다고 할 수 있는 환자가 찾아 온 것이다.

척 봐도 입이 시퍼렇고, 몸을 덜덜 떠는 것이 보통 병이 아니다!

보통 골병 외의 경우는 자신 말고 다른 의방에 가는데, 웬일로 이곳으로 온 것일까? 답은 금방 나왔다.

시급을 요하는 치료가 필요한 것이다.

"이 양반이 약초를 모으다가 뱀에 물렸습니다요! 어지간 하면 저희가 가진 약초로 치료를 하는데…….."

"독인 겁니까?"

"예! 독입니다."

환자를 데려온 자들의 행색대로 그들은 약초꾼들이었다. 평여에서 광부 다음으로 가장 많은 수를 차지하는 자들이다.

'사냥꾼들은 사냥꾼들 나름의 치료약이 전해지듯 이…….'

약초꾼들에게도 그들만의 치료약이 전해질 거다. 이를테면 사냥꾼의 찰과상 약이 그들에게는 해독약이라든가 하는 것들로 말이다.

서로의 영역이 비슷하면서도 다르지만 어쨌거나 그런 비전이 있을 터. 직업에 맞는 약이 있을 거라는 소리다.

그런데도 그들이 독에 당한 자를 데려온 것을 보면 어지간한 독에 당한 게 아닐 터다.

분명 약초꾼들의 상비약으로도 이겨내기 힘든 대단한 독에 중독된 게다! 보통 사람이라면 죽을 고비!

잘난 의원이라고 하더라도 이런 독의 경우에는 치료가 힘들 거다!

하지만.

—잘 되었구나.

'정말 잘 되었지. 후후.'

왕정에게는 해당 사항이 아니다. 왕정의 전문 분야는 사실 골병이 아니라 해독이니까.

"이리로요."

"예, 옙!"

왕정은 그 어느 때보다 자신감 넘치는 표정으로 환자를 한 쪽에 데려갔다. 그의 전문이니까!

'겸사겸사 이참에 골병 전문 의원이라는 딱지도 뗄 수 있겠군.'

표현은 잘 하지 않았지만, 골병 전문이라는 말이 마음에 들 리가 없지 않은가. 이왕 의원을 하기 시작한 이상 그런 이름으로 불리는 건 싫었다.

하지만 대부분 오는 손님이 골병든 손님들인 걸 어떻게 하겠는가? 그렇다고 의원으로서 의술이 높지도 않고!

상황이 이렇다 보니

'어쩔 수 없지 뭐……. 제대로 된 의술도 없으니…….'

하면서 골병 의원이라는 말을 참아 견디던 왕정이었다. 하지만 드디어 기회가 생긴 것이다!

이번만 잘하면! 해독 전문 의원!

해독 의원이 될 수 있다!

"그럼 집도를 해야 하니 다들 물러서 주시지요. 독기를 빼다 중독될 수 있습니다."

"예! 옙!"

"히익! 알겠습니다."

왕정은 혹시 모를 상황마저 미연에 방지를 한 뒤에 몸을 덜덜 떨고 있는 약초꾼에게 손을 가져다 댔다.

"흐음……."

꽤 강한 독이었다. 어쩌면 자신이 처음 독공에 입문하게 했던 그 뱀만큼!

용케 여기까지 살아 온 것을 보면 약초꾼들이 처음에 응급치료를 잘한 것이리라.

하지만 이런 응급치료도 결국 임시 처방밖에 되지 않을 뿐, 진정한 치료는 아니기에 환자의 몸은 급속도로 나빠지고 있었다.

'시작해 볼까.'

왕정은 가져다 댄 손을 통해서 기를 주입했다. 그러고는 바로 혈도를 타고 흐르는 독기들을 자신의 내공으로 감싸 안았다.

말로는 쉬운 과정이었지만, 약초꾼의 막힌 혈도 사이로 내공을 잇고 독을 감싸는 일은 분명 쉬운 일은 아니었다.

사람의 몸 안에서 기를 세밀하게 조종하는 것에만큼은 어느 정도 경험을 쌓은 왕정이기에 가능한 일이었다.

'강하군.'

발목에서부터 퍼져 나갔을 독은 거의 뇌에까지 치달아 올라가고 있었다. 응급처치를 했으니 망정이지 그게 아니었으면 진작 죽었다.

'한기와 열을 동시에 내포하는 독이라…….'

느끼기로 반열사(反熱蛇)에 물린 것 같았다. 독존황에게 들은 독사들 중에 수위를 다투는 독을 가진 독사의 이름이다.

'대박이군…….'

정말 대박일 수밖에 없다. 한기와 열기를 한 번에 내포하고 있는 독은 독 중에서도 굉장히 희귀한 편!

서로 다른 성질을 한 번에 가진 것이기에 본래부터 존재 자체가 적을 수밖에 없는 독이다! 그런 독을 흡수하면?

단번에 내력이 올라가지는 못해도 독에 새로운 성질을 내포하게끔 할 수 있을 거다. 응용만 잘해도 독기가 강해지기도 할 거고!

'한 방이다. 한 방.'

새로운 독을 얻을 수 있다는 것에 작게 흥분을 하면서도 왕정은 사냥을 하듯 침착하게 독을 흡수하기 시작했다.

"으으으…… 으으."

환자는 독이 빠져 나감에 고통스러운지 몸을 더욱 크게 떨고 있었다. 하지만 하야면서도 벌겋던 몸은 순식간에 원래의 색을 찾아가고 있었다.

"으으으……."

"기공 치료를 하신다더니! 신기하구먼!"

그의 치료가 점차 효과를 보이고 있는 것이다.

약초꾼들의 놀람조차도 못 들을 정도로 집중을 하던 왕정. 그리고 이내 반 시진 정도의 시간이 지났을까?

'없다.'

발끝에서부터 머리까지 내기를 움직여가며 환자의 안을 살펴 본 왕정은 자신이 모든 독을 흡수했음을 알 수 있었다.

반열사의 독에 중독된 환자를 치료해 낸 것이다.

"……."

환자는 몸을 떨다가 완전히 지쳤는지 뻗어버렸지만 그 혈색으로 보아 후유증도 거의 없을 듯했다.

"끝났습니다."

"그, 그럼 정가 놈은 완전히 살아난 겁니까요?"

"예. 며칠 요양하면 금방 정상으로 살 수 있을 겁니다."

약초꾼 중 하나가 걱정스러운 얼굴로 조심스럽게 말했

다.

"그…… 뭐시냐……, 의원님을 의심하는 것은 아니지
만…… 혹여 문제는……."

"후유증이라면 걱정하지 마십시오. 말 그대로 금방 정상
이 될 겁니다."

약초꾼은 그제야 안심을 한 듯했다.

"아이구! 감사합니다요! 감사합니다요! 이 정가 놈이 제
자식 같은 놈인지라…… 애가 탔었습니다그려."

"하하. 해야 할 일을 해야 했을 뿐입니다."

정말 해야 할 일을 했다. 사람 살리는데 뭐에 걸릴 것이
있겠는가. 거기에 더해서 자신은 이득도 봤다.

'새로운 독을 얻었다.'

그것도 아주 희귀한 독을 얻은 셈. 이 정도 독이라면야
되려 치료비를 받을 게 아니라 감사비를 줘야할 정도다.

시중에서 이런 독을 구하려면 돈을 꽤나 써야 했을 거다.

"이, 이거라도 보답을……."

"아닙니다."

왕정은 뒤늦게서야 치료비를 주지 않았다는 것을 깨달았
는지 조심스레 봇짐을 넘기는 약초꾼을 말렸다.

일에 전문성이 있는 만큼 양민치고는 잘 사는 편인 약초
꾼들이지만 돈이 있어야 얼마나 있겠는가.

게다가 새로운 독도 얻었으니 더 챙길 필요를 느끼지 못하는 왕정이었다.

"그, 그래도…… 사람을 살려주셨는데……."

"됐습니다. 나중에 정가라는 분한테 보약이라도 한 첩 해먹이세요."

"가, 감사합니다!"

은혜를 잊지 않는 평여 사람들의 특성상 분명 어떻게든 갚으려고 하긴 할 거다. 하지만 거기까지는 막을 수도 없는 노릇이고 왕정도 그 정도는 챙길 줄 알았다.

어쨌거나 지금 중요한 건 새로운 독을 얻은 것과 다음으로는 새로운 홍보(?)다!

이번 기회를 살려서 골병 전문이라는 명예 아닌 명예를 벗어던지는 거다. 골병보다는 해독 전문이 더 나으니까!

"제가 사실 골병보다는 해독 전문이니…… 앞으로도 독에 중독된 자가 있으면 데려오십시오."

"오오! 정말이십니까!?"

"아무렴요. 앞으로도 해독은 공짜로 해드리겠습니다."

"오오오!"

반열사의 독도 해독하는 의원이면서 거기다가 공짜로 해독을 해 준다고 한다!

독이라는 것이 자주 중독되는 것이 아니지만, 한번 중독

되면 꽤나 치명적인 피해를 주는 것은 당연한 터!

약초꾼으로서는 왕정의 말이 기꺼울 수밖에 없었다.

"주변에 약초꾼들한테도 알려도 되겠습니까요? 너무 귀찮게 해드리는 게 아닐는지……."

"아무렴요. 해독이라면 뭐든 해드릴테니 걱정 마십쇼."

왕정의 자신만만했던 말에 완전히 매료된 것일까? 그의 자신감이 약초꾼들에게까지도 전해진 걸까?

약초꾼들은 왕정이 원하는 말을 해 주기 시작했다.

"오오. 골병 전문이 아니시라 해독 전문이셨구만요!"

"그러게. 골병보다 해독 전문이 더 나은 거지!"

"대단하시구만!"

이래저래 감탄을 하던 약초꾼들!

"그럼 저는 이만……."

"예, 옙! 바쁘신 분인데 들어가 보시지요."

"오늘 정말 감사합니다!"

왕정이 조심스레 물러나고, 남은 그들은 얼마 동안 이야기를 하는가 싶더니 어느새 이야기의 주제가 옆길로 새기 시작했다.

왕정도 그들이 무슨 이야기를 할지에 대한 궁금증과 함께 드디어 골병 전문이라는 명예에서 벗어날 수 있을지에 대한 기대가 있었다.

해서 그는 몰래 귀를 쫑긋 세우고 그들의 말을 듣고 있었다.

"그런데 가만 생각하면 골병을 치료하시는 것도 능력이 아닌감?"

"그것도 그러하이!"

"맞네. 전에 골골대던 칠우 아버지를 치료하셔서 골병 전문이 되신 게 아니던감. 흐음……."

약초꾼들은 왕정을 확실하게 대우해 주고 싶은 듯했다.

"해독도 능력이시지만 골병을 치료하시는 것도 능력이니……."

"흐음…… 해독 치료라고만 하면 분명 골병을 치료하시는 능력은 알아볼 수 없게 되는 것 아닌가."

"음……."

꽤나 진지하게 고민하는 약초꾼들이다.

"……하하. 이런."

그런 약초꾼들을 몰래 숨어 보면서 왕정은 어색하게 웃을 수밖에 없었다.

'이제 드디어 골병 전문이라는 말을 떼어버릴 수 있다고 생각했거늘!'

왠지 위기감이 드는 것은 왜일까? 정년 자신은 골병 전문이라는 말을 뗄 수 없는 것일까?

그깟 골병 전문이라는 명성 따위 버려도 되는데?! 차라리 해독 전문이라는 말이 훨씬 멋있지 않는가!

하지만 골병 전문(?)이라는 것은 결국 그로부터 벗어날 생각이 없는 듯했다.

"이건 어떤가!"

약초꾼 중에 하나가 좋은 생각이 났다는 듯이 말했다.

"뭔데 그러나?"

"해독 전문, 골병 전문. 모두 의원님의 능력이 아니던가."

"그렇지!"

"그럼 둘을 합쳐서 해골 전문은 어떠한가! 해독, 골병을 합친 걸세."

'안 돼!'

정말 그렇게 돼서는 안 됐다. 하지만 지금에서 나서면 뭔가 모양새가 이상해진다. 왕정은 제발 아니길 빌었다.

"그런데 해골이라고 하면 좀 그렇지 않나? 그 사람 뼈 중에도 해골이라고도……."

과연 그의 소원이 하늘에 닿는 것인가. 다행히도 약초꾼들 중에서도 반대를 하는 자가 나와 줬다.

하지만…… 언제 그의 뜻대로만 일이 진행되던가?!

"어허이! 그러니까 머리에 쏙 하고 박히지 않는가!

해.골. 전문! 의원님의 실력을 홍보하는 데 이만한 말도 없지!"

"허허이. 그렇게 듣고 보니 그렇구만?"

"그라! 내일부터 당장에 평여 시내로 가서 냉큼 소문을 내자고! 해독 전문, 골병 전문 의원 해골 의원으로!"

"좋네! 의원님의 은혜를 갚기 위해서라도 그럼세!"

그렇게 환자를 들것에 들고 물러나는 약초꾼들. 그들은 정말 자신들이 생각해 낸 해골 의원이라는 말이 마음에 드는 듯했다.

속된 말로 쌈박한 말을 만들었다고 여긴달까?

"으으으······."

하지만 그런 그들이 가고 남은 왕정으로서는 신음을 삼킬 수밖에 없었다. 해골 의원이라니! 해골 의원이라니!

골병 의원이나 해골 의원이나 다를 게 뭔가! 아니 차라리 골병 의원이 더 나았다.

─허허. 재밌구나, 재밌어!

"뭐가 재미있어욧!"

왕정의 비명 속에서 해골 의원이라는 명호가 점차로 평여에 퍼져 나가고 있었다.

第六章

선물이 오다

"해골 의원님! 여기 환자입니다요!"

"독입니까?"

"예."

한번 약초꾼이 당하고 나서는 어디서 그리 독에 당하는 자들이 생기는 것인지 독에 중독된 자들이 제법 와 줬다.

대부분 큰 독에 당한 경우는 아니고, 작게 중독된 경우가 많았다. 혹은 강한 독에 당했었다고 하더라도 완전히 해독을 못하는 경우도 왔다.

후자의 경우에는 일종의 잔독 치료를 하기 위해서 오는 경우다.

이게 무슨 말이고 하니 강한 독에 걸리게 되면 그 치료가 당연히 힘들다. 괜히 강한 독이 아닌 것이다.

그렇기에 의원들이 애써 치료를 한다고 하더라도 독이 조금이라도 남는 경우가 많다. 완전히 치료가 안 된다는 거다.

그러면 어떻게 되냐고? 후유증이 생긴다.

피부에 흉이 나는 경우도 있고, 몸을 잘게 떠는 경우도 생긴다. 이밖에도 오한이라든가, 기침 등 아주 잔병을 달고 사는 경우가 다수다!

그렇다고 해독하는 의원들을 뭐라 할 수도 없는 것이 강한 독을 해독한다는 것 자체가 보통 일은 아니기 때문이다.

걸리기만 하면 금방 죽는 것이 강한 독인데 후유증은 있어도 그걸 해독한다는 것 자체가 대단한 일인 것이다.

죽을 목숨 살려 놓았으니 불만을 표하기도 뭐한 것이고.

하지만 살아남았다고 하더라도 평생을 후유증 속에 살기를 원하는 사람들이 얼마나 되겠는가.

몸을 매일같이 덜덜 떨고, 발열과 오한을 느껴야 하는 몸일진대!

그런 사람들이 용케 소문을 듣고서 찾아왔다. 해골 전문, 골병 전문 해골 의원에게!

여기서 아주 재밌는 것이.

"으으…… 이놈의 몸. 정말 해독이 되는 겁니까요?"

"물론입니다."

"그럼 골병도요?"

"……무, 물론입니다."

잔독이 남아 해독이 필요한 자들은 대부분 골병도 들어 있었다!

잔독들이 남아 후유증을 만들고, 그러한 후유증들로 말미암아 골병에 들 수밖에 없기 때문이다. 안 드는 게 더 이상할 정도다!

진정으로 해골 의원에게 딱 어울리는 환자들이지 않는가.

"그럼 잘 부탁합니다."

"예. 맡겨 주시지요."

원치도 않은 해골 의원이라는 이름이 붙게 되었지만, 죽으라는 법은 없는지 그나마 다행인 점도 있었다.

강한 독을 해독한 사람들은 어떤 사람들이겠는가? 아니, 애당초 강한 독에 중독되는 자들은 어떤 사람이겠는가?

약초꾼과 같이 직업적으로 독사들을 자주 접할 자들을 제외하고 독에 걸리는 자들은 경우의 수가 적다.

첫째, 무림인인 경우다. 왕정 말고도 독공을 익히는 자들이 있으니 무인들은 독공에 당하는 경우가 있기 마련이다.

둘째부터는 재밌다. 바로 잘 사는 자들이나, 권력에 가까운 자들이 독에 쉽게 중독되고는 한다. 이유는 뻔하다.

'독살.'

독이라는 것은 잘만 쓰면 암살의 증거를 들키지 않게 하는 꽤나 좋은 수단이기 때문!

권력다툼이든, 재산 싸움이든 간에 이유가 무엇이든 상관없다. 다만 그 수단으로 독이 자주 쓰인다는 게 중요했다.

해서 잔독 후유증을 안고 용케 왕정을 찾아오는 자들은 이 하남성에서 꽤나 알아주는 유지들 정도는 된다.

그게 아니면 고관대작의 자식이거나, 성에서 유명한 상단주나 그 자식들이다. 앞서의 이유대로 돈, 권력에 가까이 하는 자들일수록 독에 당해서 오는 경우가 대부분인 것이다.

그들은 어떻게든 독에서 살아남아 자리를 이룬 자들. 덕분에 무공은 익히지 않았어도 어설픈 자들은 거의 없었다.

해서 그들은 돈이 됐다.

자리 하나 차지하고 있고, 돈을 좀 가지고 있으니 평여 사람들과는 달리 높은 치료비를 받을 수 있었으니까.

'여전히 평여 사람들에게는 돈을 적게 받긴 하지만……'

어디까지나 평여 사람들에게 싸게 받는 것은 양심과 기분의 문제다. 잔독을 가진 자들은 그 어디에도 속하지 않으니 금전적으로는 아주 좋은 손님이었다.

"그럼 잠시 누우시지요."

"알겠소이다."

"흐음!"

왕정은 무슨 무슨 상단의 아들이라는 자를 눕히고 치료를 시작했다.

듣기로는 자신도 모르게 조금씩, 조금씩 중독을 당했다던 자라고 하는데 독을 살펴보니 아주 악질이었다.

'역시나…… 끈질긴 독이네. 음습하기도 하고.'

특별한 사연이 있던 자들을 제외하고, 암습을 당할 뻔했던 자들의 독은 하나같이 그 성격이 비슷했다.

음습하다 못해 거기에 덤으로 끈질기기까지 했다.

하기야 독살이라는 것을 들키지 않게 하면서 상대를 죽이려면 보통의 독 가지고 되겠는가. 이런 성질을 가지는 게 당연한 일이다.

'폐와 장기 일부인가. 팔 근육에도 조금 스몄군. 그래서 몸을 떠는 거야.'

고통이 꽤나 클 텐데도 꽤 버티는 모습을 보면 이 상단 아들이라는 환자도 꽤 강단이 있는 자다.

강한 강단과는 다르게 잔독의 영향으로 몸을 덜덜 떠는 것이 왠지 애처롭긴 하지만 말이다.

"조금 고통스러울 지도 모릅니다. 몸의 아주 안쪽에서부터 뽑아내는 거니까요."

"버, 버틸 수 있습니다."

"좋습니다. 그럼 바로 하지요."

골병을 치료하는 것은 나중에 해도 된다. 아니, 자신이 하지 않아도 상단주가 챙겨줄 수도 있을 거다.

단지 이 사람에게 중요한 것은 독의 후유증 해결일 뿐이니까.

"하아압!"

왕정은 그의 장심에 손을 가져다 댄 채로 독을 차분히 흡수하기 시작했다.

후유증을 가진 자들을 치료하기 시작한 것은 이 사내가 처음은 아닌지라 꽤나 수월하게 처리를 할 수 있었다.

그리고 이내 두 식경 정도가 지나갔다.

"후우…… 됐습니다."

"……바로 효과가 오다니 신기하군요."

환자는 언제 후유증으로 몸을 덜덜 떨었냐는 듯이 바른 자세를 취하고 왕정을 바라봤다.

아무리 봐도 신기하다는 기색이 역력했다. 또한 크게 고마워하고 있었고. 딱 봐도 괜찮은 성격의 소유자였다.

"잔독을 흡수하면 모든 원인이 사라지는 셈이니까요."

"다른 의원들은 왜 잔독을 제거하기 힘들어하는 것이지요? 능력의 차이입니까?"

"능력의 차이라기보다는 상성의 차이입니다."

"상성의 차이요?"

그렇다. 그가 해독과 골병 치료에 전문인 것은 기를 세밀하게 조정하여 사람을 치료하는 기공 치료 전문이기 때문이다.

하지만 보통의 의원들은 기공 치료보다는 침술이나 약재술을 배우는 게 보통이다.

때문에 그들은 분명 큰 병을 다스리는 것에는 왕정보다는 높은 능력을 보인다. 하지만 독의 경우는?

크게 해독을 해낸다 하더라도 후유증을 남길 수밖에 없다.

독기를 전반적으로 다스릴 수는 있어도 왕정처럼 독 그 자체를 느끼고 흡수해 내는 능력은 없기 때문이다.

이를테면 능력 있는 의원들이 독을 해독하고도 후유증을 남기는 것은 능력 부족이 아니다.

굳이 말하자면 왕정의 말대로 치료법의 차이에 의한 일종의 상성 문제인 셈이다.

"예. 저는 단지 기공 치료를 함으로써…… 골병이나 해독에 전문일 뿐입니다."

"역시 해골 의원이시군요!"

"……으음…… 뭐 그렇지요."

해골 의원이라는 말이 아직까지도 적응이 되지 않는 그였지만 어떻게 하겠는가.

이미 하남성 내에 해골 의원이라는 말이 진동을 하기 시작했으니 이제는 울며 겨자 먹기로라도 인정할 수밖에!

'……어휴. 별명을 지어준 약초꾼들을 원망할 수도 없고…….'

다른 명호가 생기거나 할 때까지는 자신은 해골 의원이 될 수밖에 없는 것이다.

어쨌거나 왕정은 이왕 얻은 큰손인 환자를 쉽게 보내줄 생각은 없었다. 치료는 치료고 거래는 거래인 것이다.

"그나저나 치료비는 꽤 되는 것을 알고 계시지요?"

"예. 금자로 오십 냥은 되시는 것으로 알고 있습니다."

"하하. 그렇지요. 적당히 책정을 했습니다."

"예. 저도 그리 생각합니다."

금자 오십 냥을 후유증 치료비로 쓸 수 있는 자라! 그것도 그 가격을 적당히 여긴다?

분명 이 눈앞의 환자는 하남성 전체에서도 꽤나 알아주

는 상단주의 아들이 분명했다. 그렇지 않고서야 금자 오십 냥은 먹고 죽을려야 없었을 거다.

'대단하구만……. 금수저를 물고 태어난 거지.'

잠시 눈앞의 환자였던 자가 부럽긴 했지만 왕정은 그를 내색하지 않고 말했다. 아직 얻을 것이 있으니 그거부터 얻으려는 거다.

"그나저나 지금 해독을 했다고 해도 앞으로 또 독에 노출될 수도 있지 않겠습니까?"

"……슬프게도 그렇지요."

돈, 권력에 가까우면 시기하는 자도 많다.

그가 독에 당한 것이 이번에 처음도 아닐 것이고, 앞으로도 독에 대한 위험이 상존하게 될 것이다.

돈과 권력에 기본적으로 따르는 위험과도 같은 셈. 왕정은 그것을 바로 노렸다!

"해서 제가 환자님과 같은 분들을 위해 준비한 것이 있습니다."

"……준비라 하심은?"

"백해단이라고 들어 보셨습니까?"

"금시초문입니다만……."

모르는 것도 당연했다. 백해단의 경우에는 무인들이 주로 사용하는 거지 보통 사람은 잘 알지 못하는 것이니까.

왕정은 표정을 바꾸며 예의 거래를 할 때의 넉살 좋은 표정으로 변화했다.

"이게 비록 피독주만은 못해도 백독은 금세 해결할 수 있는 거지요! 독에 중독되고 바로 씹어 삼키면 어지간한 독은 다 해독합니다."

"그런 것이 정말 있는 것입니까?"

"예! 제가 직접 만든 것입니다."

"오오. 해골 의원님이 직접 만드신 거라니! 믿음이 갑니다!"

몇 년을 고생하게 하던 자신의 후유증을 바로 치료한 자다. 지역의 명의라는 자들도 두 손 두 발 다 들었던 후유증을!

그런 의원이 만든 해독단이라면 믿음이 가고도 남았다. 게다가 앞으로도 독의 위험은 있는 터. 미리 대비를 하면 그건 그거대로 좋았다.

환자였던 사내는 기쁜 표정으로 물었다.

"이건 얼마에 구매할 수 있습니까?"

"금자로 닷 냥이면 됩니다. 게다가 열 개를 구입하면 하나는 덤으로 드리고 있습니다."

닷 냥이라니!

무려 닷 냥! 무림맹에 금자 한 냥을 조금 넘게 받는 백해단이 아니던가! 이건 아주 폭리다!

하지만 환자 사내는 그것을 잘 모르는 건지 여전히 흥미로운 표정으로 물을 뿐이었다.

"호오…… 열 개에 더해 하나를 더요?"

"예. 이를테면 고객 만족 차원인 셈이지요."

고객 만족이라! 그럴 리가!

—앙큼한 녀석.

독존왕의 말대로 이런 식으로 열 개에 덤 하나를 얹혀주면 대부분 열 개를 구매하는 선택을 할 수밖에 없다.

사람 심리라는 것이 덤이라는 것에 혹하게 될 수밖에 없기 때문이다.

사내도 그것을 꿰뚫어 본 듯했다. 그도 괜히 상가의 자식이 아닌 것이다.

"고객 만족이라니. 해골 의원님에게서 상재를 엿볼 수 있을 줄은 몰랐군요. 이거 한 수 배웠습니다!"

"……부끄럽군요."

자신의 상술이 들키다니! 이런 자는 처음이었다!

민망하지 않을 수 없지 않은가. 하지만 왕정은 철판을 지우지 않은 채로 다시 입을 열어 말했다.

"몇 개쯤 필요하십니까?"

"해독단은 물론이고 새로운 상재를 엿볼 수 있었으니 스무 알은 사지요!"

"오오…… 통도 크십니다. 제가 덤으로 세 개는 드리지요."

"하하. 감사합니다."

거래 완료였다!

무림맹에는 금자 한 냥이 조금 넘는 액수로 파는 백해단을 상단 사내에게는 닷 냥에 팔아버린 바! 그것도 스무 개를 팔았다!

게다가 그에게 치료비 명목으로만 받는 돈만 하더라도 금자로 오십 냥!

기공치료 좀 하고 해독단 파는 것만으로도 물경 금자로 백 오십 냥을 버는 셈이 아니던가.

'본격적으로 해독단을 더 연구해 볼까나…….'

대박 거래 속에서 왕정이 가진 해골 의원으로서의 명성이 계속해서 올라가고 있었다.

＊　　＊　　＊

"좋네요."

—그러게나 말이다. 이 정도로 돈을 벌어들이기 시작하면 희귀독도 금방 구하겠구나.

"확실히요."

금자로 닷 냥. 평민들로서는 쉽게 접하기도 힘든 돈이 금자다. 그런 돈을 무려 약 한 알에 닷 냥씩 받고 있는 왕정이다.

바로 백해단으로!

말도 안 되는 소리라고도 할 수 있다. 무림맹에 팔 때는 금자 한 냥 조금 넘는 돈에 팔았으니까.

하지만 상단의 사람들은 해독 전문인 왕정이어서 특별하다고 여긴 건지 몰라도 왕정의 백해단을 금자 닷 냥에 지속적으로 구매해 주고 있었다.

그것도 왕창!

덕분에 요즘 들어서는 십해단보다도 백해단을 더 많이 만들어서 판매해 나가고 있었다. 지금까지 판 것만 하더라도 무려 사백여 알이 넘을 정도.

이걸 돈으로만 환산해도 금자로 이천 냥은 된다.

금자로 이천 냥이면 중급 이상의 장원 하나 정도는 세울 돈은 되니, 개인이 가진 돈치고는 크다고 할 수 있지 않겠는가.

"후후…… 희귀 독을 넘어서 이대로만 가면 꿈을 이룰 수 있겠네요."

─꿈?

"예. 힘을 가져 선택할 수 있는 자유도 자유지만…… 이 쁜 각시랑 알콩달콩 살고도 싶거든요."

—허허…….

부끄러운 듯 말하는 왕정을 보며 허허롭게 웃어 보이는 독존황이다.

그가 보기엔 왕정은 이미 그런 소박한 꿈을 꾸기에는 이미 너무 많은 길을 왔다. 원든 원하지 않든 무림인이 된 녀석이고, 의원으로도 이름을 날리고 있지 않는가.

그런 상태에서 알콩달콩 살 만한 여자를 구한다는 건 꽤나 지난한 일이 될 거다. 하지만.

—그렇게 할 수 있다면 하는 것도 좋겠지. 이 할애비도 가정은 못 이뤄봤거든.

"그런가요?"

—그래. 무공을 닦으랴, 문파를 이끌어 가랴 가정을 이룰 시간이 없었지. 허허.

"이런 말 하기는 좀 그렇지만 그리 행복하기만 한 삶은 아니었네요."

—그렇더냐. 그래도 이 할애비는 독공의 끝에 거의 다다랐으니 그거면 족하다. 자고로…… 흠?

"왜요? 아……."

말을 하던 독존황이 왕정의 몸을 통해서 무언가를 느낀

듯했다. 보통 이런 경우에는 인기척을 느낀 경우가 많다.

왕정의 몸을 통해서 인기척을 느낌에도 항시 왕정보다 빨리 느끼는 것을 보면 독존황의 능력도 대단하긴 했다.

"아영 누님이군요."

─천방지축인 아이가 왔구나. 네 누님이 말이지.

"……윽. 누님은 무슨요. 어쨌거나 꽤 오랜만에 왔네요. 후후."

이화의 편지를 전해 주러 가끔 오던 이가 철아영이다.

그런데 요즘 들어서는 그녀도 따로 임무가 있었는지 자주 찾아오지 않았었다. 그런 그녀가 오랜만에 왔으니 왕정으로서도 반갑긴 했다.

'……누님이라는 말만 빼고.'

왕정은 그녀를 향해서 몸을 움직이며 외쳤다.

"여기예요!"

"헤에…… 동생!"

언제나와 같이 밝은 표정으로 활기차게 다가오는 그녀. 그녀가 왕정을 보자 더 신이 난다는 표정으로 말했다.

"오늘은 선물을 준비해 왔지!"

"선물이요?"

갑자기 선물이라니? 뭘까? 그녀가 편지를 가지고 온 적은 있어도 선물을 했던 적은 없었거늘.

왕정이 궁금해하는 표정을 하자 재미있다는 듯 그녀가
밝게 웃으며 답한다. 여느 사내들이 봤다면 한눈에 반할 만
한 매력적인 미소였다.

"응! 헤헤헤. 기대하라고!"

"……왠지 불안하네요."

"헤헤헤……."

그녀의 웃음이 그의 불안을 증폭시키고 있었다.

第七章

골병독협

그녀가 왕정에게 준 선물은 대단하다면 대단한 것이었다. 아니라면 아니기도 한 애매한 것!

　"……그러니까 제가 원한 대로 한 결과가 그거라구요?"

　"응! 의원 일을 하는 것은 독을 쉽게 구하려고 그런 거 아니었어? 독공을 익혔으니까."

　"그건 맞습니다만……."

　맞는 말이긴 하다. 돈을 버는 것도 버는 것이지만 의원 일을 한 이유는 바로 독을 쉽게 구하기 위해서다.

　아무래도 약초 등을 다루기도 하는 의원 일을 하면 쉽게 독을 구할 명분도 있으니까.

"그러려면 의원이라는 이름으로 유명해져야 하는 거잖아?"

"……아무래도 그렇죠?"

"응. 그리고 이왕이면 독협이라는 멋진 명호도 함께 유지하면 얼마나 좋겠어! 의원이자 독공의 고수라니! 아주 좋지? 응?"

"하아…… 그게 무슨 말도 안 되는 소리입니까. 그렇다고 그거 두 개를 갖다 붙이면 어쩌자는 겁니까?"

지금 이 순간 왕정의 표정을 말로 표현하자면 빠직! 이라는 말이 아주 잘 어울리리라.

그만큼 철아영이 한 짓은 왕정으로서 아주 짜증이 날만한 일이었다!

"독협이란 이름 자체도 별달리 마음에 안 든단 말입니다. 저는 무림인인 게 싫으니까요."

"하지만 네가 아니라고 하더라도 모두 널 무림인이라고 할걸? 산채 하나를 무너트렸으니까."

"백번 양보해서 그렇다고 칩시다! 그런데 거기에 해골의원이란 말을 왜 갖다 붙입니까!"

"에헤. 독공을 익히려면 독이 필요할 테니까 해골 의원이란 명호도 나름 소중하잖아? 응?"

"……하."

다시 말하지만 여느 사내들이 봤다면 반할 만한 미소다. 하지만 그녀에게 당하고 있는 왕정으로서는 전혀 아니었다!

"그래서 그거 두 개를 붙인 겁니까?"

"응! 해골 의원과 독협을 갖다 붙여서 해골독협! 이라고 해 주었지!"

"……미친."

저 여자를 누가 말릴까. 반쯤은 선의고 반쯤은 자신을 약 올리려고 저런 짓을 한 것이 분명했다.

누가 해골독협이라는 명호를 좋아할까!

왕정이 아니라고 하더라도 그런 명호 따위 줘도 안 가지려는 자가 태반일 거다. 자고로 명호라 하면 멋있어야 하는 거니까.

"헤헤. 의원일은 의원일 대로 홍보하고 명호는 명호대로 지키는 거지."

"……솔직히 말해서 저 놀리려고 그런 거지요?"

"응! 조금은? 후후."

"하아……."

이제 와서 어떻게 할 수도 없는 상황이다.

그녀는 무림맹에 속한 개방의 방도들을 통해서 자신이 독협이자 해골 의원인 것을 전해 줬단다. 퍼트리도록 한 건 덤이고.

개방의 방도들로서는 꽤나 재미있는 정보이자, 새로운 인물의 등장일 터!

해골독협이라는 재미있는 명호를 중원 곳곳에 퍼트리지 않을 리가 없었다. 굳이 퍼트리도록 시키지 않아도 알아서 했을 거다.

그만큼 해골독협이라는 명호는 몇백 년을 헤아리는 무림사에 있어 파격적인 명호였다.

"……."

갑작스레 왕정이 말없이 몸을 돌려 밖으로 움직이기 시작했다. 철아영을 그대로 둔 채였다.

"어디 가는 거야?"

"예. 아주 두메산골에 들어가서 평생 숨어 살렵니다. 내 참…… 쪽팔려서…….."

"헤에? 어차피 그래 봤자 백해단을 사려는 사람들이 줄을 섰다면서? 찾으려고 애쓸걸? 예전이랑 다르다고."

"후우……."

그녀의 말도 맞다. 자신이 숨는다고 하더라도 이제는 그게 안 될 거다.

해골독협이라는 되도 않는 유명세도 유명세지만, 독의 후유증을 가진 자들이 자신을 찾으려 애쓸 것이기 때문이다.

평생 중독의 후유증을 가진 자들로서는 그만큼 왕정이
필요한 존재이기도 하고.

"그런데 저 말고는 이런 치료 못하는 겁니까? 독공 익히
는 자들이 그리 적지만은 않잖아요?"

왕정으로서도 이게 궁금하긴 했다.

독공을 익힌 게 자신 하나만 있는 건 아니지 않는가. 정
파에도 사천당가라는 곳이 독공으로 오대세가에 이름을 올
리고 있을 정도니 말이다.

그런데 자신이 알기로 해독을 하고 그 후유증을 치료하
는 자는 자신밖에 없다시피 했다.

돈벌이도 되고, 독을 흡수함으로써 이득도 되는데 다른
독공의 고수들은 왜 하지 않는지 이해가 안 될 정도였다.

하지만 철아영으로서는 그런 걸 당연하다 여기는 듯 했
다.

"독을 그렇게 쉽게 해독해 주기엔 나름 사정들이 있거
든."

"사정이요? 돈이 되는데요?"

"무림인들은 다들 너처럼 돈에만 집착하지 않는다고. 게
다가 아무래도 막 해독을 해 주긴 싫은 거겠지."

"싫어요?"

"응. 아무나 해독을 해줘 봐야 이득이 없을 테니까."

"……전에 산채 일도 그렇고 무림인이라는 사람들도 굉장히 계산적이네요."

사람을 치료하는 데에 이득이라니.

뻔하지 않는가. 중독이 된 자들을 상대로 권위를 세우려면 아무나 해독해 주면 안 돼서 그러는 걸 거다.

아무나 치료를 해 주게 되면 그 희소성이 떨어지게 되니까. 또는 귀찮기도 할 테고.

그러니 사천당가든 독공을 익힌 다른 고수들이든 간에 어지간하면 해독을 안 해 주고 다니는 걸 거다.

연독기공보다 못한 독공을 익혔다고 하더라도 조금만 애쓰면 가능할 텐데도 말이다!

이득이 되지 않아 산채들을 그대로 두는 것도 그러하고, 해독할 수 있는 독을 놔두는 것을 보면 무림인들은 상당히.

'……계산적이다 못해 이기적이네.'

라고 생각할 수밖에 없는 왕정이었다.

무를 갈고닦아 천하제일인이 된다는 무림인이 되려 멍청하다기보다는 순수해 보일 지경이다.

역시 사람 사는 곳은 다 비슷할 수밖에 없는 것이다. 그게 설사 무림인이라고 하더라도.

"시간이 가면 갈수록 무림인들에 대한 동경 비슷한 것이 사라진다니까요."

"헤에…… 그게 현실이니까."

약간이지만 씁쓸하다는 듯이 말하는 철아영이었다.

잠시 침묵을 하던 그녀는 자신의 용무가 생각이 났다는 듯이 손을 탁하고 치면서 말했다.

"맞다. 너 그나저나 백해단을 막 팔고 있다면서? 그것도 엄청난 폭리로!"

"말도 안 되는 소리죠 그건! 폭리라뇨! 강매를 한 것도 아니고, 제가 제 물건 팔 뿐입니다."

"그래도 우리 무림맹에만 팔기로 했었잖아?"

그런 약속을 했던가? 비슷한 것을 하기도 한 듯하지만 여기서 지고 들어가면 안 됐다.

"그거야 무림인 한정이었죠. 제가 무림인들에게 판 것도 아니고, 상단이나 고관대작들에게 팔지 않았습니까?"

"흐으응……."

"그리고 말이야 바른 말이지! 제가 무슨 폭리를 취해요. 가난한 사람들에게는 공짜로 치료도 했구만요!"

"그거야 그렇지만…… 그래도 우리한테는 금자 한 냥에 은자 열 냥 더해서 팔기로 했던 걸 그리 팔면 안 돼지!"

이렇게 나오다니! 왕정이 다른 건 몰라도 거래에 있어서 만큼은 양보를 하는 놈이었던가!

게다가 해골독협이라는 되도 않는 명호까지 만들어 준 그녀에게 더 이상 지고 들어갈 생각은 않는 왕정이었다.

그가 잠시 뜸을 들이다 안타깝다는 듯이 입을 열어 말했다.

"흐음……. 그러면 어쩔 수 없네요."

"이제부터는 폭리를 취하지 않을 거지?"

"아뇨. 처음부터 폭리를 취하진 않았죠. 되려 백해단 가격을 제대로 못받았었달까요."

"그게 무슨 말이야?"

"이런 거죠. 금자 닷 냥에 팔 수 있는 걸 한 냥에 팔고 있었으니……. 이게 다 아영누님과의 정 때문이었는데……."

정은 무슨.

당시엔 무림맹 말고는 팔 만한 곳이 없어 울며 겨자 먹기로라도 팔았던 거다. 금자 한 냥이라는 가격이 나쁘지 않기도 했고.

하지만 지금은 굳이 무림맹에 팔지 않아도 될 상황이다.

고관대작들이나 상단을 이끄는 자들의 수가 적다고 하더라도 그들은 금자 닷 냥씩에 사주니 적게 팔아도 이득이 크다.

이제 와서는 굳이 무림맹에 팔지 않아도 되는 상황이니 저러는 거다.

"그래서 어떻게 할 건데?"

"이제는 무림맹에도 똑같이 금자 닷 냥에 팔아야지요. 모두 공평하게 닷 냥이면 폭리도 아니네요 뭐. 하하."

"……동생, 그러면 못쓰지."

"에이…… 어쩌겠어요. 정 때문에 싸게 팔았는데 뭐라고 하니 다 공평하게 하는 거지요. 하하."

아주 당연하다는 듯이 말하는 왕정이다.

하기야 그로서도 돈을 더 주는 곳에 가겠다는 게 아닌가. 거래는 거래이므로 그의 행위가 나쁜 것은 아니었다.

칼자루는 왕정에게 주어진바.

"자아, 그럼 어떻게 하시겠어요? 닷 냥에 사실래요? 아니면 정에 따라 전처럼 금자 두 냥에 사시겠어요?"

"왜 또 금자 두 냥으로 오른 거야!"

방금 전만 해도 분명 금자 한 냥이 조금 넘었을 뿐이었다.

"에이 시세란 게 있지 않습니까? 그래도 정에 호소해서 싸게 파는 거라고요."

"……후우. 내가 졌다. 졌어. 금자 한 냥에 하자."

"한 냥하고 은자 오십 냥요. 딱 그 정도는 되어야겠습니다. 인건비도 안 나와요."

"인건비는 무슨! 듣기로 생각보다 쉽게 만든다는 소문이 있던데?"

실제로 쉽게 만들기는 만든다. 내공 주입만 잘해서 만들면 되니까. 하지만 어딜 그걸 솔직하게 말할 왕정인가.

"어허이! 이거 하나 만드는 데 심력 소모가 얼마나 되는데요!"

"……거짓말."

"자꾸 이러시깁니까?"

"알았어. 그럼 금자 한 냥에 은자 삼십 냥만 받아!"

"후후. 뭐 그 정도라면야…… 누님과의 정도 있고 하니 받아들이겠습니다."

"……능구렁이 같으니라고."

"다 먹고 살자고 하는 거지요. 열심히 돈 모아서 마누라랑 알콩달콩 살 겁니다."

그녀가 은근하게 묻는다.

"이화랑?"

"여기서 이화 누님이 왜 나옵니까. 하여간에 누님도 참 이상하다니까요."

"흐음……. 어떤 때는 애늙은이인데 또 어떤 때는 둔탱이란 말이지."

"또 놀리시려고 하는 겁니까?"

이차전을 해야만 하는 것인가. 하지만 철아영으로서도

이차전까지 갈 생각은 없는 듯했다.

"에이. 몰라. 괜히 와서 덤터기만 쓰게 됐네. 휴우……."

"덤터기라뇨. 거래입니다, 거래. 그리고 애당초 누님이 이상한 별명을 붙여서 그런 거라고요. 해골독협이 뭡니까. 해골독협이."

"흥! 됐어!"

쪼잔한 왕정. 역시 그가 굳이 가격을 올린 이유는 명호가 마음에 들지 않아서였음이 분명했다.

"그나저나 백해단하고 십해단은 충분히 팔만큼 가지고 있는 거야?"

"예. 많이 만들어는 뒀습니다만은……."

"그럼 일단 있는 대로 전부 팔아줘. 요즘 사파고수 중에 하나가 독공을 써서 아주 애를 먹고 있거든."

독공을 쓰는 사파 고수라니. 수요가 생긴 거다. 왕정으로서는 아주 좋은 상황인 셈.

"백해단만 하더라도 오백 개가 넘는데 전부 가능합니까?"

"응. 전부! 천라지망을 펼친다고 해도 독공의 고수는 아무래도 어려우니까."

"파는 저야 좋지만 일이 꽤 크긴 한가 보군요."

"그렇게 됐어. 그거 때문에 요즘 이곳에 오지도 못한 거고. 해독단 거래가 아니었으면 지금도 못 왔을걸?"

사파 고수라는 자가 꽤나 강하긴 강한 듯했다. 천라지망을 펼칠 정도쯤 되면 보통을 넘는다는 소리기도 하니까.

그동안 이화의 편지가 없었다는 점이나, 그녀가 오지 못한 점이 이해가 갈만 했다.

"많이 힘들겠네요. 대량 구매기도 하고, 이번까지는 특별히 전 가격에 해드릴게요."

"에? 그래도 괜찮은 거야?"

그녀가 조금 놀란 듯했다. 하기야 방금 전까지만 해도 능구렁이처럼 돈돈 하던 왕정이 아닌가.

"짧게 들어 봐도 보통 놈을 잡는 게 아닌 것 같고……. 천라지망을 펼쳐야 하는 놈쯤 되면 무림 공적이라는 거잖아요?"

"그건 그래."

"그런 놈이면 보통 무림인이 아닌 양민들에게도 피해를 입히는 놈이잖아요?"

"그렇지? 안 그래도 시독을 이용한 독공을 익혔다고 하더라고."

시독을 이용한 독공이라니. 왕정처럼 독물의 사체를 이용했을 리도 없고 안 들어봐도 뻔했다.

"그러니까 좋은 일 하는 셈치고 전 가격에 팔게요. 그래도 다음부터는 올릴 겁니다."

"헤에…… 네가 말하고 다니던 고객 만족이라는 거구나?"

"그런 셈이죠."

"흐음……."

이번은 왕정이 베푼 것이나 다름없다. 돈을 더 받을 수 있음에도 싸게 받아주는 것이니까.

그런 부분이 마음에 들었던지 철아영의 눈에 조금이지만 호감의 빛이 어린다. 그러다 이내.

"원래는 말할까 말까 했는데 해 줘야겠네."

"뭘요?"

"너 다른 독공의 고수들이 해독을 안 하고 다니는 게 이해가 가지 않는다고 했잖아?"

"그렇지요."

"보통 그런 해독은 예로부터 해 오던 자들이 하려고 하거든. 이를테면 이권 싸움 같은 거랄까."

"흐음…… 쉽게 말해서 예전부터 해독하던 사람들이 아닌 다른 사람이 하면 싫어한다 이 말입니까?"

무슨 동네 파락호도 아니고 해독을 하는 것까지 그럴 필요까지 있는 것일까?

특히 해독의 경우에는 중독 치료를 해도 그 후유증이 큰

만큼 어지간하면 다 해독하는 것이 좋은 일일 텐데?

하지만 무림의 생리는 그러지 않는 듯했다.

"무림의 생리를 이성적으로 생각하려고 하지 마. 의원까지는 해독을 하든 뭘 하든 그냥 두지만 같은 무림인들끼리는 이상한 생리가 있는 법이라고."

"그런 겁니까?"

"그래. 그러니까 조심해."

"조심요?"

"응. 네가 하는 일은 분명 좋은 일이야. 치료 행위가 나쁠 것은 없지."

"그렇죠. 돈을 받기는 해도 나쁜 일은 하지 않았으니까요."

"하지만 이를테면 예로부터 해독일로 이권을 얻던 사천당가라든가 하는 곳은 네가 마음에 들지 않을지도 모른다, 이 말이지."

"흐음……."

웃기지도 않는 이야기다. 이권 때문에 해독을 하는 게 그리 곱지 않게 보일 수 있는 걸까.

'그래도 누님의 경고라면…….'

가끔 가다 철없는 모습을 보이기는 해도 황팔채의 일 처리도 그러했듯이 일 처리 하나는 꼼꼼했던 아영이다.

그녀가 말한 경고라면 새겨들을 이유가 충분했다.

"사천당가의 경우에는 정파는 정파이니 너무 걱정 말고……. 아마 괜한 기우일 수도 있는 거니까."

"그래도 조심하는 것이 좋긴 하겠지요. 매사에 조심해서 나쁠 것은 없으니까요."

"헤에……. 반쯤은 무림인이 다 됐네?"

"그렇다기보다는 사냥꾼으로서의 본성이죠. 준비를 해야만 살아남을 수 있는 거니까요."

함정을 파고, 맹수를 기다리는 것.

그게 사냥꾼으로서의 기본이 아니던가. 왕정이 하는 준비라는 것은 사냥꾼의 준비라는 개념에서 나온 것이다.

무를 갈고 닦는다거나 하는 철아영이 생각하는 무림인으로서의 준비랑은 약간이나마 거리가 있는 셈이다.

"이제는 동생도 무림인이라니까아?"

"몰라요. 몰라. 차라리 의원이 났지."

"그놈의 고집은……. 어쨌거나 오늘 거래 고마워. 근 시일 내로 사람 보낼 테니까 해독단이랑 건네줘."

"예이. 어련히 잘 하겠습니까."

"너어! 자꾸 누님을 그리 대하면 나중에 혼난다?"

예전의 철아영이라면 무서웠을지도 모르겠다. 거래처라고는 무림맹밖에 없었으니까. 하지만 지금은 이야기가 다르지 않는가.

"후후. 그거야 두고 봐야 알겠지요."

특유의 능글맞음을 보이며 철아영을 놀리는 데 맛을 들인 왕정이었다.

어쨌거나 무림맹에까지 가격을 올리는 데에 성공한 왕정은 해골독협으로서 점차 명성을 올려가고 있었다.

第八章

확장을 하다

주의를 하라는 철아영의 말과는 다르게 당장에 일이 벌어지거나 하지는 않았다.

　다만 왕정은 차분하게 준비를 해 나가는 것과 동시에 미어터지기 시작한 의방을 확장하기 시작했다.

　"여기 주변을 정리하고 건물을 올려야 한다는 겁니까?"

　"예. 몇 채 올려야 합니다. 언덕이라 좀 힘들긴 하겠지만 그래도 돈은 잘 챙겨드리겠습니다."

　"아고. 그럴 필요까지는 없습니다. 지난번에 치료를 해 주신 것도 있는데요!"

　처음은 기본이라 할 수 있는 의방의 건물들을 확장하는

것에서부터 시작이었다.

지금까지는 자신의 집에서 임시로 치료를 했었다. 덕분에 골병든 환자들이 힘들게 언덕길을 왔다 갔다 하면서 치료를 받곤 했다.

첫 환자인 칠우 아버지만 하더라도 괜히 칠우네 집에서 치료를 한 것이 아닌 거다. 치료할 곳이 없어 선택권이 없었다.

하지만 이제는 그리 할 필요까지는 없지 않는가. 돈이 없는 것도 아닌 바에야 미련하게 지금 수준을 유지할 필요는 없었다.

해서 왕정은 장원 정도의 수준은 아니어도 의방의 건물들 자체를 늘리기로 한 것이다.

'겸사겸사 수련장도 만들면 좋겠군.'

미리 생각해 놓은 바가 있었기에 왕정은 지시를 내리는 데 한 점 막힘이 없었다.

"우선적으로 필요한 곳은 환자가 머무를 곳입니다. 아픈 사람들이 있을 곳이니 깔끔하게 부탁드립니다."

"여부가 있겠습니까."

"그리고 다음으로는 저도 개인 생활을 하긴 해야 하니……."

환자가 머무를 곳, 해독과 치료를 할 진료실, 약재를 보관할 약재 창고, 약초밭을 꾸리는 데 필요한 도구 창고에 개인 장소까지!

왕정은 세세하게 지시를 내렸고, 그에게 치료를 받은 경험이 있는 목수들은 성심성의껏 공사를 진행하기 시작했다.

의방 자체가 반쯤 공사판이 된 덕분에 환자들도 불편을 느끼긴 했지만, 상황이 상황인지라 이해를 해 주었다.

'의방은 이대로 시간만 지나면 되겠지.'

모르긴 몰라도 건물만 여러 채를 가지게 되는 큼지막한 의방이 하나 생기리라. 의방이 정비되면 그 주변을 신경 써야 할 터.

"칠우야. 아버지가 요즘은 달리 일이 없으시다고?"

"네, 형. 얼마 전 저녁에 철광에 사고가 나서 잠시간은 일이 없으시대요."

철광 사고. 광산 마을에는 자주 있는 사고다.

이번 사고의 경우에는 갱도 자체가 무너지는 경우였는데 다행히 사람이 없는 저녁에 사고가 나서 다친 사람은 없었다.

하지만 갱도가 다시 복구되기까지는 일정 시간이 필요한지라 광부로 일할 일손들이 좀 놀고 있었다.

"흐음……. 그런 아저씨들이 꽤 된다고 했었지?"

"예. 매일 일 나가야 하는데 못 나가서 걱정이 많대요."

칠우는 아버지에게 존댓말을 하라고 한 소리를 들었는지 꼬박 꼬박 왕정에게 존댓말을 하며 답을 하고 있었다.

'귀엽네…….'

왕정 자신의 나이도 얼마 되지 않는데 존댓말을 듣는 것에 왠지 민망하면서도 우쭐한 기분이 드는 왕정이었다.

어쨌거나 일손이 남게 된다면 자신으로서는 잘 되었다.

"그럼 아버지를 좀 데려와 주겠니?"

"뭐라고 말하고요?"

"일을 드릴 테니 좀 뵙자고 전해 주려무나."

"헤에……. 일이요? 알겠어요. 금방 모시고 올게요!"

가난한 집은 일이 없으면 밥을 굶는 게 예사다. 항시 일이 있는 것이 아니라 생활의 일부가 굶주림이라고 할 수 있을 정도인 것이다.

그런 상황에서 일자리를 준다고 하니 칠우는 누구보다 빠르게 집을 향해 뛰쳐 나갔다.

"잘 하고 있는 거겠죠?"

—아무렴. 네가 하는 준비에 도움이 되는 것이 아니더냐.

"예. 할아버지의 말대로라면 홀로 준비하는 것만이 능사는 아니니까요."

이 모든 일들이 혹시 모를 일을 준비하기 위해서다.

철아영이 가고 나서 독존황도 철아영의 경고에 대해서 꽤나 주의 깊게 받아들였기 때문이다.

유비무환이라는 말이 괜히 있는 것은 아니듯 뭐든 혹시 모를 사태를 준비하는 것이 좋았다. 특히나 이권에 관련된 것은 더더욱 그러했다.

그런 의미로 이곳 하남성이 정파의 중심 영역이라고 해도 혹시 모를 일이다.

자신이 해독을 전문적으로 함으로써 해코지를 할 자들이 분명 생길 것이다. 그러니 준비를 해야 했다.

의방의 확장과 마을 사람들에게 일자리를 주면서 시키는 일도 그런 준비와 관련된 일 중에 하나다.

겸사겸사 마을 사람들에게 좋은 일을 하는 것이기도 했고.

"아이구. 저를 찾으셨다굽쇼?"

칠우는 정말 급하게 달려 나갔다 온 건지 금방 자신의 아버지를 데리고 왔다.

"예. 드릴 말씀이 있어 찾았습니다."

"아이구. 저를 그리 높여주시지 않아도 됩니다요."

"하하. 그래도 어른이신걸요. 어쨌거나 요즘 마을 사람들이 일손이 좀 남는다지요?"

"예. 광산 사고 때문에 그리 됐습지요. 사람이 안 다친 건 다행이지만…… 당장이 막막합니다요."

갱도를 다시 세우는 데는 몇 달 정도의 시간이 소요된다. 이마저도 짧게 잡은 시간이다.

갱도를 세우는 데 너무 많은 비용과 시간이 들면 무너진 걸 그대로 두고 새로 뚫는 경우도 있을 정도다.

하지만 이럴 경우에는 당장에 많은 광부들이 필요한 것이 아닌지라, 많은 광부가 일자리를 잃게 된다.

광산으로 먹고 사는 지역이나 다름없는 평여에서 이런 사고는 재앙이나 마찬가지인 셈인 거다.

왕정은 그런 일손들을 데리고 조그마한 일을 벌이기로 했다.

"제가 일손을 필요로 하는지라 남는 일손들 좀 써보려고 합니다."

"어이쿠! 무슨 일인갑요? 뭐든 간에 일만 주시면 성심성의껏 하겠습니다요!"

몇 달을 놀지 모를 일이니 칠우 아버지 입장에서 왕정의 말은 가뭄 끝에 단비와 같은 말일 게다.

왕정은 그 마음을 이해하며 말했다.

"달리 대단한 것은 아니고…… 제가 이번에 약초밭을 좀 확장하려고 합니다."

"약초밭 확장요?"

"예. 약초가 자라는데 시간이 걸려 당장에 쓸 수는 없을 테지만…… 나중에 가면 약재로 쓸 수 있을 테니까요."

감초, 바곳, 자목련에 찔레까지. 키우기 어려운 종류의 약초들은 아니지만 여러모로 쓰임이 있는 약재들을 키우고 있는 곳이 약초밭이다.

"그럼 몇 명이나 필요로 하십니까요?"

"약초밭 확장에는 열 정도면 된다고 봅니다. 한 번에 확장한다고 되는 것도 아닌 작업이니까요."

"열이라. 그래도 일손 남는 사람들 중에 사분지 일은 먹고 살 수 있겠군요! 잘됐습니다요!"

진정으로 기뻐하는 칠우 아버지다. 당장에 굶을 처지에서 일이 생기니 기쁜 것도 당연하리라.

하지만 한편으로는 걱정도 엿보였다.

왕정이 칠우 아버지에게 사람들을 데리고 오라 말했으니, 칠우 아버지의 입장에서는 사람을 뽑아야 했다.

마을에서 놀고 있는 사십 정도의 노는 사람들 중에서 열을 뽑아야 하는 입장이 된 거다.

평생에 그런 경우는 생각지도 못했던 칠우 아버지인지라, 누굴 어떻게 뽑아야 할지가 막막했다.

'어떻게 할꼬…….'

뽑히지 못한 사람이 혹여나 자신을 원망하지 않을까도 걱정이 되기도 했고.

괜한 걱정이 아닌가 싶을지도 모르겠으나, 작은 마을에서 나고 자란 칠우 아버지로선 당연한 걱정이다.

본디 작은 지역에서는 작은 행동 하나 하나가 크게 영향을 미치곤 하니까.

하지만 이번에도 왕정은 칠우 아버지의 걱정을 전에 골병을 해결해 줬던 것처럼 깔끔하게 완전히 해결하여 주었다.

"그리고 남는 일손들도 해 주셔야 할 일이 있습니다."

"그렇습니까요?"

"예. 제가 얼마 안 있다가 다 함께 부를 터이니 그때 오셔서 들으시지요."

"예이! 최대한 모아 오겠습니다요. 아니, 제가 안 해도 다들 모여 올 겁니다요."

"그럼 부탁드리겠습니다."

칠우 아버지라면 알아서 잘 모아올 거다. 그의 말대로 안 그래도 마을에 일손이 남아도는 상황이기도 했으니까.

'됐군.'

칠우 아버지를 보내고 이튿날, 왕정은 오랜만에 의방의 문을 닫고 평여의 시내로 향했다.

자신이 하려는 준비를 위해서는 해야 할 일이 있기 때문이다.

"제대로 일을 벌이려면 이래저래 할 게 정말 많긴 하네요."

—허허. 그렇지. 홀로 살아가는 게 아니니 더욱 그러하다. 남을 신경 써야 하니까.

"예. 사냥하면서 혼자 살 때는 이런 거 하나 신경 쓸 필요 없었는데 말이지요."

—일이 매끄럽게 되려면 적당히 기름칠을 해야 하는 거니, 좋게 생각하거라.

"그래야겠죠."

왕정의 오늘 목적지는 관청이다. 다름 아닌 평여 현의 관청.

목적은 다름 아닌 그가 하는 준비를 위해서다. 나름 일을 크게 벌이게 되었는데 관청을 무시하고 됐다가는 후에 귀찮을 수 있기 때문이다.

이런 경우에는 독존황의 말대로 돈으로 금칠하는 기름칠을 하는 것이 좋았다.

"무슨 일로 온 게…… 엇! 해골의원 아니, 해골독협님! 관청에는 무슨 일입니까요?"

"별일은 아니고 현령님을 뵐 수 있을까 해서 왔습니다

만······."

"안에 계실 터이니 기별을 넣어 보겠습니다요."

"부탁드리겠습니다."

자신을 알아 본 관병이 금방 안으로 들어갔다. 그가 온 것을 현령에게 보고하러 가는 걸 게다.

이곳 평여를 넘어 하남성 전체에 그의 이름이 점차 퍼져 가고 있으니 어지간하면 만나 볼 수 있을 터였다.

그가 있음으로서 이곳 평여에 꽤나 기여를 하고 있기도 했으니까.

그의 치료를 받으러 온 자들이 평여에서 돈을 써 준 덕분이다. 의방이 작아 그들이 머물 공간이 없으니 평여에서라 도 머물렀으니까.

'만나는 건 문제가 아닌데······. 정말 아영 누나의 말대로 해골독협이란 명호가 퍼져 버린 건가······.'

해골독협이라는 명호에 머리가 지끈거려질 찰나.

"해골독협님! 현령님이 모시라고 하셨습니다요."

"아, 예."

—허허. 해골독협이라. 허허 참······들을수록 괴이막측 아니, 망측하구나. 허허.

제기랄.

이라 여기며 들어선 현청이다. 현령이 소문에 의하면 청

렴한 편이라고 소문이 나긴 했는데 그 소문을 증명하는 건지 꽤 정갈한 분위기였다.

고가의 장식품이라고 할 만한 것도 없었고, 누가 봐도 필요한 것들만 가져다 놓은 현청이다.

'의외로 매끄럽게 기름칠하는 게 어려울지도.'

왕정은 그리 생각하면서 관병의 안내를 받아서 현령이 있는 곳에 들어섰다.

안으로 들어서자마자 눈에 띈 인물은 딱 봐도 문사의 기질을 가지고 있는 자였다.

하늘 한 번 보지 않았던 것인지 얼굴은 사내치고 하얀 편이었으며, 곧게 뻗어 자라 있는 수염은 그의 곧은 성질을 보여주는 듯했다.

가진 바 기세는 형형하게 뻗쳐나가는 무인들의 기세와는 다른 그윽한 기세를 가지고 있었으며, 남을 품듯 상대를 배려하는 분위기를 가진 자였다.

'평여 현은 꽤 작은 현이라 이런 사람은 없을 줄 알았는데……'

그동안 환자로 대한 어지간한 고관대작이나 상단 사람들보다 대단해 보이는 자가 현령이 아닌가? 왕정으로서는 완전히 의외인 상황이었다.

일견해도 분위기 자체가 달랐다.

현령으로 있기에는 아까워 보이는 평여 현령이 물었다.

"허허. 그래. 무슨 일로 왔는가?"

"허락을 받을까 해서 왔습니다."

"허락이라……. 그대가 내게 허락받을 일이 무에 있던 가? 허허."

사람 좋아 보이는 웃음이지만 왕정은 고삐를 죄듯이 되려 긴장을 더했다.

"앞으로 벌일 일이 클 거 같아 허락을 받아야 함이 당연하다 여겼기 때문이지요."

"그런가? 흐음……. 지금까지 벌인 일로도 이 평여현 에서는 꽤 큰일이었거늘. 그래. 한번 들어나 봄세."

"예. 제가 하고자 하는 바는…….."

왕정은 이곳에 들어 설 때보다 훨씬 조심스럽게 자신이 생각한 바에 대해서 현령에게 설명하기 시작했다.

의방을 크게 늘려서 사람들을 받기로 한 것. 그의 계획대로 약초밭을 확장하고, 그에 더해서 새롭게 밭을 만들어 종자들을 키우는 것.

마지막으로 의방을 정비하면서 동시에 마을에서 의방까지의 길을 정비하는 것까지.

아주 큰일들은 아니지만 그렇다고 개인이 하는 일이라고 보기에는 작은 일이라고도 할 수 없는 그런 일이었다.

왕정의 말이 윗사람의 말이라도 되는 듯이 주의 깊게 듣던 현령이 물었다.

　"그대가 하는 일은 분명 평여에 도움이 될 걸세. 현령으로서 반대할 수 없는 일이기도 하지."

　"그리 생각해 주시니 감사합니다."

　"헌데 굳이 개인으로서 그런 일을 하는 이유가 뭔가?"

　"솔직히 말씀드려도 되겠습니까?"

　"허허. 솔직하게라……."

　본디 이곳에 올 때까지만 해도 혹시 모를 일에 대한 준비라는 것을 밝힐 생각은 없었다.

　하지만 척 봐도 현령으로 있을 만한 자가 아닌 그에게 라면 말해도 괜찮을 것이라는 감이 왔다.

　"괜찮네. 하지만 나부터 묻고 싶군. 처음 보는 내게 솔직하려는 이유가 뭔가?"

　"현령님이라면…… 저를 도와주실 수 있을 거 같아서입니다."

　"그대를 도울 수 있다라. 그대와 나는 오늘 처음 본 게 아니던가?"

　"기간이 중요한 게 아니지요. 솔직한 말씀으로 현령님은 이곳에 있을 분이 아닙니다. 그럼에도 이곳에 있으시다는 것은……."

"그렇다는 것은?"

"보통 둘 중 하나시겠죠. 이 현령을 진정으로 아끼시거나, 무언가를 숨기시고 있거나 말입니다."

이런 인물에 대한 공부는 독존황이 왕정에게 가르치는 바다. 한 문파의 문주였던 독존황의 가르침이 효과가 있었던지 금방 현령의 인물됨을 알아보는 왕정이었고.

홀로 무언가를 깨우치는 데 재능은 없어도, 배운 것을 응용할 줄 아는 왕정다운 모습이었다.

그런 왕정의 모습에 현령은 흥미가 생겼는지 입꼬리를 약간이나마 위로 올리면서 물었다.

"재미있군. 계속 말해 보게나."

"하지만 제가 생각하기에는 전자가 아닌가 싶습니다. 후자라고 보기엔 현령님은 너무 오래 이곳에 계셨거든요."

"허허. 정착을 했다 이 말이로군?"

"예. 솔직히 현령님을 직접 뵈기 전까지는 이렇게 말씀을 드릴 생각이 전혀 없었습니다. 적당히 기름칠을 하려고 했지요."

"너무 솔직하구먼. 하지만 좋네."

기름칠 또한 독존황이 알려주었던 바다. 적당한 기름칠로 뇌물을 주면, 자신이 하는 일을 막을 현령은 없을 거다.

그게 세상 돌아가는 이치니까.

하지만 현을 아끼는 듯 보이는 현령이라면 다르다는 생각이 들었다. 그래서 말하는 거다.

"그래서 말씀드리고자 하는 겁니다. 평여 현을 아끼시는 분이라면 제 준비에 도움을 주실 테니까요."

"무슨 준비를 하고 있는가?"

"저를 보호하려고 합니다."

"보호? 그대가 무림인이기는 하나…… 이곳은 무림맹이 있는 하남성에 속한 현이 아닌가. 그런데도 보호가 필요한가?"

"예. 그렇기에 더욱 보호가 필요합니다. 저만을 위한 보호. 그 보호를 위한 준비가요."

"흐음……."

생각에 잠기는 듯한 현령이다. 왕정이 말하는 바가 진심인지, 현에 무슨 문제가 생기는 건 아닌지 가늠을 하는 듯했다.

"……알 만하군. 눈에 보이는 검이 아니라 뒤에 숨겨져 있는 비수가 무서운 것이로군?"

"예. 바로 그겁니다."

"허허……."

왕정이 염려하는 바가 이거였다. 철아영이 그에게 경고를 해 준 바도 바로 이것이었고.

암중의 비수!

그게 가장 큰 문제였다.

이유? 뻔하지 않은가. 현령의 말대로 이곳은 하남성에 속한 현이니 정파의 영역이나 다름없다.

그러니 무림맹의 체면 때문에라도 알아서 무림맹이 나서 직접적으로 자신을 건드리게 하지는 않을 거다.

당연히 사혈련도 직접적으로 자신을 치지는 못할 거다. 그게 무림맹이 하남성에 가진 위세이니까.

하지만 암중으로 공격을 한다면?

자신에게 치료를 받았던 자들처럼 암살의 위협을 당한다면?

그때는 아무런 준비도 없이 무림맹의 위세를 믿고 있어도 괜찮은 걸까?

모든 물음에 대한 결론은 '없다'였다. 아무리 무림맹이라고 하더라도 직접적으로 자신을 보호해 주지 않는 한 암중의 위험은 항상 도사린다.

게다가 그를 노릴 자들도 많다.

자신에게 무사들을 잃었던 사혈련에서부터 시작해서, 자신이 의원으로 나섬으로써 해독에 대한 이권을 빼앗긴 자들도 충분히 자신을 노릴 법했다. 자신이 벌어들인 큰돈을 노리는 자가 있을 수도 있고 사혈련처럼 직접적 원한이든 그게 아니든 간에 자신을 노릴 자들은 많다 이거다.

그러니 왕정이 준비를 하는 거다. 의방을 크게 늘리고, 밭을 꾸리기 시작하며, 의방에까지의 길을 정비하는 거다.

그런 단순한 준비에서부터 홀로 따로 하고 있는 준비까지 더해지게 되면 적어도 자신 하나는 보호할 수 있다 여기고 있으니까.

그게 왕정의 준비고 계획이다.

여기에 덤으로 현령을 하나 추가하고자 한다. 평여 현을 진정으로 아끼는 듯한 현령을 통해서 보호를 받고자 하는 거다.

"현령님은 적어도 이곳 평여 현에서는 최고의 권력자십니다."

"인정하네."

"그런 분이 도와주신다면 분명 든든할 겁니다. 당연한 이야기 아니겠습니까?"

"허허…… 작은 현의 현령 하나가 무에 대단하다고…….”

"아닙니다. 현령님께서 제 일에 작은 도움만 주셔도 됩니다. 이를테면…….”

왕정은 자신이 즉석해서 생각해낸 바에 대해서 차분히

현령에게 설명을 해 나갔다.

평여현 현령에게 있어서는 현의 발전에 있어 꽤 이득이 되는 일이기도 했으며, 왕정에게는 자신을 지킬 만한 수단이기도 했다.

그의 설명을 전부 들은 현령이 결국 고개를 끄덕였다.

"현에 도움이 되니 거부를 할 수가 없겠군. 좋네. 내 그대를 성심성의껏 도와주도록 하겠네."

"하하. 감사합니다."

"잘 부탁하겠네."

"저야말로 잘 부탁드리겠습니다."

평여 현청.

그곳에서 생각지도 못한 사람을 찾게 되었다. 비록 협력의 관계이기는 하나 그거면 족하지 않겠는가.

평여에서 가장 큰 권력자의 도움이라는 건, 그가 무림인이 아니어도 제법 쓸모가 있을 테니까.

혹시 모를 암중 세력의 위협으로부터 많은 도움을 받을 수 있을 거다. 그 시작은 그가 하려는 작은 준비에 대한 묵인에서부터이고.

그렇게 왕정은 현령에서 뜻밖의 수확을 얻어가며 일을 진행해 나갈 수 있었다.

＊　　　＊　　　＊

그리고 얼마 뒤.

확장 공사가 한창 진행되고 있는 왕정의 의방에 오십에 가까운 사람들이 몰려들기 시작했다.

모두 무너진 갱도 때문에 일거리가 없는 사람들이다.

그들의 대표는 당연하게도 칠우 아버지였다. 그가 다른 이들보다 뛰어나서가 아니라 왕정이 처음 부른 자이기 때문이다. 전달자이기도 하고.

"부름 받고 왔습니다요!"

"수고하셨습니다. 그리고 누누이 말씀드렸듯이 그렇게까지 높여 부르시지 않아도 됩니다."

"어이쿠. 그래도 생명의 은인이신데 그럴 수가 있겠습니까."

아무리 봐도 어이쿠라는 말은 툭하면 내뱉는 소리인 걸로 보아서 칠우 아버지의 전매특허가 아닌가 싶다.

"하하. 참⋯⋯."

왕정에게 존대를 하는 것은 양보할 수 없다 여기는 건지 칠우 아버지가 급히 물어 왔다.

"그나저나 제가 할 일은 무엇입니까요?"

"전에 말씀을 드렸듯 열 정도는 약초밭을 조금씩 확장할 겁니다. 관리도 함께 하고요."

"예. 안 그래도 그나마 작은 텃밭이라도 농사 경험이 있는 사람들을 미리 열 명 뽑았습니다요."

의외로 칠우 아버지는 사람들을 제대로 뽑아 온 듯했다. 그냥 온 것이 아니라 미리 준비를 해 왔으니까.

'잘만 하면 관리자로 써도 될지도……'

왕정은 그리 생각하면서 말을 계속 이어 나갔다.

"잘하셨습니다. 그리고 나머지 분들은 밭을 하나 만들어 주셔야겠습니다."

"밭을 말입니까? 아시다시피 저희가 농사 경험은 그리 많지 않은 지라……."

칠우 아버지가 난감해하는 것도 이해는 간다. 겉으로 보기에 쉬워 보이지만 실제로 하면 굉장히 어려운 게 농사다.

잡초 제거에서부터 시작해서 병충해를 막아야 하고, 기본적으로 종자에 맞춰 물도 신경 써줘야 한다.

이것들은 한번 한다고 끝이 나는 것이 아니라 계속해서 꾸준히 신경을 써 줘야 했기에 농사란 보통 어려운 게 아닌 셈이다.

그런 식으로 최대한 열심히 짓는다고 하더라도 굳은 날씨라든가 천재지변에 따라서 언제든지 망할 수 있는 게 농사다.

그러니 평생의 대부분을 광산 일로 보냈던 평여 사람들로서는 농사일에 난감할 수밖에.

하지만 왕정이 마을사람들에게 시키려고 하는 부분은 다행히도 아주 어려운 농사 작물이 아니었다.

"그리 어려운 게 아닙니다. 실패하면 실패하는 대로 상관이 없고요."

"그런 농사가 있습니까요?"

쉬운 농작물은 있어도 실패를 해도 괜찮은 농작물이 있었던가? 칠우 아버지가 알기론 없다.

하지만 왕정은 당연한 이야기를 한다는 듯이 말했다.

"예. 감자밭을 만들어 주면 됩니다."

"감자밭이요?"

"그렇습니다. 제가 필요로 한 것은 감자 농사니까요."

"흐음…… 그럼 그리 많은 일손이 필요하지 않으실 수도 있지 않습니까요?"

일견하기에 칠우 아버지의 말도 맞다. 농사가 어렵기는 해도 감자의 경우에는 그나마 난이도가 낮은 편이다.

괜히 구황작물이라고 불리는 종자가 아닌 것이다.

그렇기에 약초밭을 관리할 열을 빼고 나머지 삼십이 넘는 인원 전부가 필요로 하지 않아 보일 수밖에 없었다.

허나 이번에도 왕정의 생각은 다른 듯했다.

"아닙니다. 일손이 모자랄 수도 있을 정도입니다."

"어째서입니까요?"

"이번 감자밭은 화전으로 일구지 않을 겁니다. 화전을 하다가 잘못하면 약초밭이 상할 수도 있기 때문입니다. 공사 중인 의방에도 불이 번질 수도 있고요."

"아아! 혹시 모를 위험 때문이시구만요."

"그렇죠. 거기다가 산을 개척해서 감자밭을 만들면서 겸사겸사 제 의방 주변의 길도 정비해 주셨으면 하고요."

"그 정도야 당연히 해드립지요."

"하하. 그럼 잘 부탁드리겠습니다."

"예! 성심을 다해서 하겠습니다요!"

준비가 차곡차곡 되어 가고 있었다.

第九章

차곡차곡

준비는 차분히 되어 가고 있었다.

"어이. 어이. 거기 정비보단 여기부터 하는 게 낫겠구
만."

"알겠으이!"

의방으로 오는 길 정비만 하더라도 왕정이 나서지 않아
도 칠우 아버지가 나서서 가장 열심히 해 주었다.

일꾼들은 광부 일을 하던 이들이어서 그런지 보통 사람
들보다 힘도 좋았다. 거기다 왕정에 대한 고마움까지 더해
지니 일이 느릴려야 느릴 수가 없었다.

"으차아!"

도로 일에 일꾼들 삼십 정도가 달라붙었다. 약초밭에는 당연히 예정대로 열 명이 붙어 일을 하고 있는 상황.

감자밭을 만드는 데는 약초밭을 꾸리는 열을 제외하고 남은 일곱 정도의 어른과 조금씩 삯을 받아가던 아이들이 전부 붙었다.

때때로 아이들도 치우기 힘든 장애물들이 나오면 길을 정비하던 어른들이 나서 거들어 주니 아이들이 해도 문제는 없었다.

"딱 봐도 마을 단위의 큰 공사 같은 느낌이네요."

─확실히 그러하구나.

"그래도 억지로 하는 게 아니라 자기 일처럼 해 주는 것 같아서 다행이네요."

─허허. 네가 삯도 잘 챙겨주는데 억지로 할 리가 있겠느냐. 당연한 일인 게야.

밭을 꾸리는 거야 그렇다 치고 보통 길을 정비하는 데는 당연히 마을 사람들이 동원되고는 한다.

문제는 그게 강제라는 것.

현령에서 제대로 삯을 챙겨줄 리도 없고 대부분 제대로 삯도 받지 못하고 정비에 투입되는 것이 일반적이었다.

이는 현령의 문제라고 하기보다는 현을 다스리는 체계 자체의 문제였다.

현청에도 저 멀리 북경에 세금을 올려 보내면 남는 예산이 별로 없는 상태가 된다. 그게 현청의 주요 업무기도 하니까.

그런 상태로 도로 정비며, 치수 사업도 진행해야 하다 보니 제대로 된 삶이 나오면 되려 이상할 정도다.

치수 사업을 하지 않으면 되지 않냐고 말할 사람도 있겠지만, 그렇게 하다가는 현 그 자체에 문제가 생긴다.

괜히 현청에서 나서서 그런 사업을 하는 게 아닌 셈이다.

헌데, 그런 길 정비와 밭을 꾸리는 정도의 일을 왕정이 홀로 진행시키고 있으니 확실히 대단하긴 했다.

비록 마을 단위고, 작은 현에 속한 곳 중 하나를 바꾸는 것이지만 개인이 한다는 것에 의미가 있는 것이다.

보통은 돈이 있어도 하지 않는 일이니까.

"의방 확장 공사도 곧 마무리가 되어가기도 하고…… 제 준비도 슬슬 다 되어 가는 거 같네요."

―허허. 고생했다. 하지만 이 할애비가 말한 대로 진을 설치했으면 좀 더 쉬웠을 게다.

마을 사람들에게 일을 시킨 왕정도 홀로 많은 준비를 했다. 그답게도 무인으로서가 아니라 사냥꾼으로서의 준비들을 시행했다.

하지만 그의 할아버지가 된 독존황은 그게 마음에 들지

않은 듯했다. 그가 생각하기에 진을 설치하면 더 위력적일 수 있기 때문이다.

왕정도 진이 사냥꾼으로서의 준비보다 위력적일 수 있는 것을 안다. 잘만 만들면 오래 사용할 수 있기도 하고.

하지만 문제는 따로 있었다.

"에이. 진을 설치하려면 진에 대해서 공부를 해야 하잖아요? 파훼보다 어려운 게 설치니까요."

―그러하다.

"저는 할아버지처럼 천재가 아니라고요. 기감을 익히는 것도 힘들었었는데…… 그게 될 리가요."

바로 공부가 문제였다.

진을 사용하려면 보통의 공부로는 되지 않는다. 게다가 그 수준이 높아지게 되면 그 깊이가 무공 이상이라는 말도 나올 정도다.

괜히 무림에 있는 제갈 세가가 무공은 약한 편이어도, 진을 설치하는 능력으로 오대세가로 우뚝 선 게 아닌 셈이다.

그런 진을 배우라고 하니 왕정으로서는 하지 못할 수밖에.

배운 것에 대한 응용력이 높고, 있는 자원을 가지고 활용을 할 줄 아는 왕정이지만 역시 새로운 것을 배우는 데는 영 힘들어하는 것이다.

—허허. 노력하면 안 될 게 있겠느냐.

"안 되는 건 없겠지요. 하지만 효율성의 문제라고요. 무공도 익히기 힘든데요 뭐."

—고집은 여전하구나.

"에이. 몰라요. 굳이 배우지 않아도 파훼 정도는 할아버지가 해 주실 수 있잖아요."

또한 이게 왕정이 진을 배우지 않는 이유기도 하다.

설치를 하려면 아무리 독존황의 도움이 있다고 하더라도, 왕정이 공부를 해야만 했다. 주변을 이해하고 응용해야 설치할 수 있으니까.

하지만 파훼의 경우에는 이야기가 조금 달랐다.

설치를 하고 공부를 하는 것은 어려워도, 파훼의 경우에는 상대적으로 쉬운 편이다. 설치된 진을 분석하고 진의 핵심을 흩트리면 되니까.

그런 정도의 일은 몸이 없는 독존황도 해 줄 수 있는 문제기 때문에 진을 배우지 않아도 파훼에는 문제가 없었다.

—그래도 알고 하는 것과는 다른 거다.

"배우지 않아도 파훼만 가능하면 된 거죠 뭐. 그 정도면 됐네요 뭐."

한 마디도 지지 않는 왕정이었다.

그래도 목수들이 가장 먼저 마련해 준 수련장에 가서 수련을 하려는 것을 보면 무공만큼은 잘 익혀줘서 다행이다.

—흐음……. 언제고 필요해지면 배우게 될 날이 오겠지.

"예이. 예이. 수련이나 하자구요."

수련에 집중하기 위해 수련실의 문을 걸어 잠근 왕정이 천천히 움직이기 시작했다.

*　　　*　　　*

독공에 있어 많은 독을 흡수하는 것은 필수다.

독을 얻어야만 내공이 늘어나는 것도 이유겠지만, 그보다 더 중요한 이유는 많은 종류의 독을 흡수할수록 쓸 수 있는 독의 종류도 많아지기 때문이다.

무공을 익히는 무림인이라 해도 신은 아니기에 독을 창조할 수 없으니 대신 많은 종류를 접하고 쓰는 거다.

물론 독존황은 꽤나 신기한 이론을 말하긴 했다. 세상 만물이 독으로 이뤄졌다는 말이 그만의 이론이다.

그것에서 이어져 그 만물 독을 이용해서 지고의 경지에서는 독을 만들어낼 수 있다는 주장을 더했다!

—이 할애비처럼 연독기공으로 높은 경지에 오르게 되면 만물의 독을 이용할 수 있긴 하다.

"만물의 독요?"

─그래. 전에도 이야기했듯 세상만물은 독으로 가득 차 있다. 독사, 독초가 아니라 할지라도 독을 내포하고 있지.

"하기야 감자나 은행만 하더라도 상상 이상의 독을 가지고 있었죠."

실제로 독존황의 이론은 효과가 있었다.

왕정이 처음 쉽게 육성의 경지까지 오를 수 있었던 원동력이 바로 그의 이론에서 비롯된 거니까.

─그렇다. 일상의 모든 것이 독이라는 것이 내가 얻은 지고의 깨달음이었다. 실제 그러하기도 했지 않느냐?

"광물, 시체, 약초들과 독초. 먹는 것에까지…… 많긴 많군요."

─네가 접한 건 세상 모든 독의 일부다. 그것만으로도 절정까진 오르긴 했지.

"확실히 연독기공이 대단하긴 한 거 같아요."

마공이긴 하지만, 그 깊이가 깊다. 만물의 독을 흡수할 수 있는 기공이고 또한 강력함을 보여준다.

독존황은 여기에 살을 보탰다. 아니 실용성을 보탰다고 할까?

─문제는 세상 만물이 독이라는 것을 내게 들었다 해도, 그것이 네 깨달음은 아니란 것이다.

"예."

독존황은 왕정의 스승이자 할아버지다. 가족이자 스승이라고 하지만 그렇다 해도 그의 깨달음이 왕정의 것은 아니다.

깨달음이라는 것은 본인이 얻어야만 진정한 깨달음이라 할 수 있는 것이기 때문이다. 이는 왕정도 독존황도 알고 있는 사실.

그러니 수련을 필요로 했고, 깨달음을 얻기 위한 수련이 필요했다.

─네가 나의 경지에 단번에 오를 수 있으면 좋으나…… 그건 어불성설. 그러니 너는 많은 독을 접하고 얻어야 한다.

"독을 만들 수는 없으니 경험을 늘려서 쓰라 이거지요?"

─그러하다. 그를 위해서 의원 일을 시작했었고…… 근래에는 그 결실을 본 듯하구나.

"다행인 점이죠. 하하."

해독 전문 의원 행세를 하면서 그가 얻은 독들의 종류는 생각 이상으로 많았다.

암살을 위해서 사용하는 독의 종류가 무에 그리 많은 것인지 같은 독에 당한 환자를 찾기가 더 어려웠다. 마비, 잠식, 내출혈, 부식까지 종류가 많고도 많았다.

독존황의 말로는 암살자들마다 자신만의 독을 가지고 배

합을 해내서 그렇다고 하는데 이를 얻은 왕정으로서는 그 종류와 능력에 감탄이 일 정도였다.

그런 많은 독을 접한 덕분에 육성의 경지에서 칠성의 경지가 더욱 가까워져 가고 있는 왕정이었다.

비록 소량씩 흡수했다고 하더라도 많은 종류를 흡수한 데다가, 워낙 강한 독들을 흡수해 낸 덕분이다.

칠성의 경지에 오르게 되면 전에 비해서 더욱 위력적인 일들을 해낼 수 있게 된다.

―나중을 대비해서 미리 연습을 해 보도록 하자꾸나.

"예!"

칠성의 경지에서 할 수 있는 그의 능력은 공기 중의 독의 살포와 일정 거리 내의 조종이다!

일견 별거 아니라고 볼 수도 있지만 이건 꽤나 무서운 능력이다.

일반적으로 가루나, 액체로 된 독을 살포하는 것과 다르게 칠성에 이른 연독기공은 독공을 익힌 왕정이 직접 살포를 한다.

그의 온몸의 땀구멍들을 통해서 독정에 있는 독을 기화시켜 공기 중에 독을 살포하는 것이 기본이다.

기화를 시켜서 살포를 하는 덕분에 알아채기도 힘든 것은 당연하다. 물론 완전히 무색무취는 아닌지라 자세히 집중을 하면 눈치를 챌지도 모른다.

하지만 그렇다 해도 위력적이다!

완전하지는 않아도 무색무취에 가까운 독을 살포할 수 있는 것은 분명 대단한 능력일 수밖에 없다.

"흐아아압!"

게다가 단지 살포만으로 끝이 나는 것이 아니다.

왕정이 자신의 손에 기화시켜 퍼트린 보랏빛이 엿보이는 기체로 된 구슬을 모아 둥실 떠오르게 하는 것을 보라.

비록 아직은 그의 몸 주위에서 움직이게 만드는 것으로 끝이지만 이건 단지 시작일 뿐이었다.

─처음은 자신의 몸에서 시작하여 이 할애비는 반경 백 장 이내는 조절이 가능했었다.

"헤에…… 이걸요?"

─아무렴. 그때가 되면 여럿을 만들어서 학살을 하고 다닐 수 있느니라.

"듣기만 해도 무섭네요……."

독 구슬을 만드는 것 또한 자신의 능력인지라, 그 위력을 제대로 알고 있는 왕정이다.

그렇기에 백 장 이내에서 여럿의 독 구슬을 만드는 것을 상상하니 조금이지만 몸이 떨릴 수밖에 없는 그였다.

그의 손에서 둥실 떠올라서는 애교를 부리듯 있는 작은

구슬만 한 크기의 독연이지만 그 위력은 분명 대단했다.

괜히 연독기공이 강한 것이 아니잖는가.

이 정도의 양이면 모르긴 몰라도 마을 하나를 몰살 시키는 것도 쉽게 될 거다.

그만큼 지금 왕정이 장난감처럼 가지고 놀 듯 조종하는 독 구슬의 위력은 보통이 아니다.

"흐으읍!"

거기다 단지 독 구슬의 모양뿐만 아니라 다른 형태로 응용도 가능하다.

원하기에 따라서는 그가 지금 하는 것처럼 기화시키듯 안개처럼 퍼트릴 수도 있으며, 독 구슬처럼 특별한 모양을 만들 수도 있다.

구슬은 단지 수련을 쉽게 하기 위해서 정한 모형일 뿐인 거다.

─이것을 완전히 구체화할 수 있게 되면 팔성의 경지에 오를 수 있을 거다. 독강의 경지에 이를 수 있게 되는 거지.

"그래도 우선은 칠성이 먼저겠지요."

─그러하다.

수련을 시작한 지 얼마 되지 않았지만 왕정의 얼굴에는 땀이 맺혀 떨어지고 있었다.

겉으로 보기에는 쉬워 보이는 수련이지만 실제로는 꽤나

많은 심력 소모를 하는 수련이기 때문이다.

하기야 아직 강기를 사용할 수 있는 경지에 들지도 못한 왕정이다.

절정 고수들 중에서도 드물게 강기를 쓸 수 있는 자들이 나온다고는 하지만 그것은 그들이 쌓아 온 경험 덕분.

아직까지 실전 경험이라고도 몇 번 해 보지 못한 왕정이 강기를 사용하지 못하는 것은 당연했다.

그런 상황에서 강기보다는 조금 못하더라도 기를 유형화시키는 독 구슬을 만들어 조종하고 있으니 심력 소모가 큰 건 당연했다.

그나마 기공 치료를 하면서 얻은 많으면서도 다양한 종류의 독과 치료의 경험이 없었더라면 이것조차도 하지 못했으리라.

끈질기게 독 구슬을 가지고 몸의 이곳저곳으로 움직이게 하던 왕정이 구슬을 자신의 몸에서 떨어트려 본다.

"으음…… 어렵네요."

일 장을 넘어서까지는 독 구슬의 형상을 유지했다. 하지만 이 장을 채 가지 못해서 기화되어 버리는 독 구슬이다.

그가 원해서 기화를 시킨 것이 아니라 그의 독 구슬에 대한 장악력 부족 때문이다.

"거리가 조금씩 멀어질 때마다 난이도가 수직 상승하네

요. 흐음…….”

—기를 다루는 것이 보통 어려운 일이더냐. 그나마 기공 치료 경험 덕에 이 정도를 하는 게야.

“그래도 아쉽긴 하네요.”

수많은 사람들을 기공 치료하면서 내공을 수발하는 능력이 더욱 세밀해졌다 자부하던 왕정이다.

그런데 달랑 주변 이 장도 조절을 하지 못하니 그가 내심 실망하는 것도 당연했다.

—허허. 그래도 처음 수련을 할 때는 몸에서 떨어트리기도 어렵지 않았더냐.

“그것도 그러네요.”

한 달 전, 처음 수련을 할 때는 독존황의 말대로 몸에서 떨어트리는 것조차도 어려웠다.

차라리 몸에서 독기를 뽑아내어 기화시키는 게 더 효율적일 정도였다. 지금은 그나마 낫긴 하지만 그래도 아직 멀었다.

“그래도 실전에서 제대로 활용하려면 족히 삼 장은 돼야 할 것 같은데요?”

—흐음……. 독공으로만 실전을 한다면 그럴 거다. 하지만 사냥을 할 때는 또 다르지.

“아아. 그것도 그렇겠네요.”

다른 말이라면 이해를 하기 힘들었겠지만, 왕정은 응용력 하나만큼은 발군이다.

독존황이 사냥과 독공을 결합시켜서 말을 해 주니 그걸 바로 알아들은 것이다. 확실히 그다웠다.

"방법은 많네요. 이를테면 기화시킨 독을 함정에 퍼트리는 것도 방법이겠어요."

—그렇다. 네 통제력을 벗어나는 독이라고 해도 독의 위력이 사라지는 것은 아니니까.

"예. 그걸 이용하면…… 이것저것 생각나는 게 꽤 많은데요?"

—허허. 한번 잘 연구를 해 보거라. 쓰임이 많을 터이니.

"예이. 꽤 흥미롭기도 한 것이 해볼 만하네요."

당장에 삼 장 내에 독을 통제하는 것은 힘들 거다. 하지만 사냥 기술과 독공을 조합해서 쓰는 것은 쉽다.

"흐음……. 거리가 멀어져도 아주 잠깐은 통제가 가능한 것도 잘만 이용하면……."

수련 속에서 고민이 깊어져 가는 왕정이었다.

*   *   *

무림맹. 하남에 위치하여 정파를 대표하는 무림맹의 한

어귀.

정파의 무인들은 하지 못할 일이나 무림맹의 입장에서는 꼭 해야만 하는 일을 해 주는 그들이 있는 곳.

그곳에서 이화가 한 사내에게 부탁을 하고 있었다.

사내는 극상의 미를 뽐내는 이화와 어울릴 정도의 남성다움을 가지고 있는 이였다. 적당히 선이 굵고, 뚜렷한 이목구비를 가진 그런 사내다.

여인들이 보자마자 홀릴 만한 그런 외모는 아니지만 특유의 분위기와 함께 보면 볼수록 빠져들 만한 자다.

실제로 그는 귀찮아하지만 그에게 빠져든 무림의 여협들도 꽤나 있긴 하다.

그런 그에게 이화가 당연하다는 듯 부탁을 하고 있으니, 둘의 사이는 꽤 각별할지도 모르겠다.

"정말 내가 가 줘야 하나?"

"응."

사내는 왠지 불만스러운 태도였다. 그의 마음을 눈치채고 있는 금이화가 본다면 약간이지만 놀랄 만했다.

이화의 부탁이 대체 무엇이기에 그런 표정을 짓는 걸까?

"정말로?"

"응. 그래 줘."

"흐음…… 네 부탁이라면야 들어주기야 하겠지만……

사독마(蛇毒魔)를 처리한 지 얼마나 됐다고 또 움직여야 하는 건가."

사독마 갈인. 무림맹이 왕정의 해독제를 대량으로 구입하게 했던 주인공이다.

무림공적으로 몰렸었으며, 무림맹이 펼친 천라지망 안에서 분투하다 죽은 사파의 고수다. 생각 이상으로 강해서 무림맹에 꽤나 큰 피해를 주기도 한 이다.

그런 사독마를 처리하는 데는 이화와 함께 사내도 있었으며, 그의 고군분투 덕분에 사독마를 쉽게 처리한 면도 없지 않아 있었다.

"이화. 네가 가면 안 되는 건가? 솔직히 나는 이런 부탁은 마음에 들지 않는군."

"안 돼. 알다시피 나는…… 안 되는 걸 알잖아. 정우, 도와줘."

"흐음……."

그녀에게는 사정이 있다. 당장에 그에게 가기에는 해야 할 일이 많은 그녀였다. 사내 정우도 그것을 알기에 금방 사과를 했다.

"실언을 했군. 미안하다. 알겠다. 사정이 그런데…… 어쩔 수 없겠지. 내가 가서 보호해 주겠다."

"고마워."

이화는 진심으로 고마워하고 있었다. 정우 정도의 사내가 도와주러 간다면 별다른 큰일은 일어나지 않을 것임을 알고 있었기 때문이다.

그만큼 정우의 실력은 믿음직스러웠다.

"다음번에는 이런 부탁은 아니었음 하는군. 사내자식을 보호하는 건 역시 싫다."

"미안."

"후우……. 바로 가 보도록 하지."

정우가 어쩔 수 없다는 듯이 한숨을 내쉬고는 이화를 두고 움직이기 시작했다.

일을 맡게 되면 바로 움직이는 그의 성격상 이곳에 이화가 있다 하더라도 더 있을 이유가 없었던 것이다.

'그녀를 보는 것은…….'

일 처리를 확실히 하고 봐도 충분했으니까.

자신이 보호하러 가는 그 녀석에게 왠지 마음이 있는 듯한 그녀지만 뭐 어찌하랴. 그 녀석보다는 자신이 이화와 함께하는 시간이 더 많으니 상관은 없을 거다.

"그놈의 얼굴이 궁금하기도 했고……."

그 녀석, 왕정을 향해서 몸을 움직이는 정우였다.

第十章

남자 혐오냐?

"……듣기로 무공도 꽤 한다 하던데."

가래가 들끓는 듯한 음성이다.

다른 이가 보았다면 대번에 거부감을 느낄 음성이었다. 그럼에도 상대는 전혀 상관치 않는 듯했다.

되려 거부감을 느끼기보다는 친근하다는 듯 대화를 진행해 나가고 있었으니까.

"그래 봐야 한 명 아닌가. 독공이 대량학살에는 강해도, 근접전에서는 약한 면모를 보이기도 하잖는가."

"흐음……. 그쪽 출신이신 분이 독에 대해 그리 말씀하실 줄은 몰랐습니다만?"

"솔직하게 말 한 것뿐일세."

가래 끓는 소리를 내는 사내가 잠시의 고민 후에 다시 입을 연다.

"그렇다 해도 저희도 일을 하기에는 어렵습니다. 근래에 꽤 이름을 날리는지라 주목하는 것도 있고……."

"금자 칠백 냥에 저번 일을 눈감아 주지."

"호오……. 조금 구미가 당깁니다요?"

그래도 아직 부족하다는 태도다. 부를 것이 있으면 더 부르라는 태도.

'빌어먹을 자식. 돈에 미친놈들이라더니…….'

가래 끓는 사내를 대하는 그는 애써 경멸감을 숨기며 말했다.

"그자에게서 나오는 돈도 꽤 될 걸세. 조용히 처리할 수 있도록 도와주지."

"그것도 꽤 괜찮은 방법이군요. 보자……. 칠백 냥과 덤에 뒤처리까지라…… 흐음……."

고민을 하는 듯 보이지만 대화를 하는 두 사람은 이미 결과를 알고 있었다. 이쯤 되면 답은 하나니까.

"좋습니다. 요즘 애들이 일도 없어 심심해했는데, 이참에 나서 보지요."

"얼마나 걸릴 거 같은가?"

"두 달 정도는 시간을 주십시오. 보아하니 공사다 뭐다 일을 벌여서 시선이 집중되어 있는지라……."

"조금 더 짧게는 안 되는가?"

"그럼 무리입니다. 저희도 안전하게 작업하려면 상황을 봐야지요."

"흐음……."

이번에는 사내가 고민을 한다. 이왕이면 빠르게 처리하고 싶은데 두 달은 걸린다 하니 그러는 거다.

하지만 이 분야의 전문가는 가래 끓는 사내가 아니던가. 그가 두 달이 걸린다고 하면 인정할 수밖에 없다.

"알겠네. 대신에 확실히 처리를 해줘야 하네."

"여부가 있겠습니까. 항상 그러했듯 깔끔하게 처리해 드리겠습니다."

스으으으으.

모든 대화가 끝났다 여긴 건지 가래 끓는 사내가 조용히 몸을 움직여 사라져 간다. 연기처럼 사라지는 것을 보면 은신술을 익힌 게 분명했다.

"쯧……. 잘해 주겠지."

홀로 남은 사내는 진정 그리 생각했다.

돈을 밝히는 만큼 실력 또한 발군인 그들이라면 자신들이 원하는 대로 해 줄 거라 믿기 때문이다.

혹여나 실패를 한다고 하더라도 그들은 받은 돈이 있으니 비밀을 지켜 줄 터. 어느 쪽이든 자신들에게 손해는 없었다.

"두 달이라…… 두 달. 어서 보고나 하러 가야겠군."

홀로 남아 있던 그가 어두운 골목에서 사라져 간다.

그리고 그런 그들을 보는 존재가 하나 있었다. 아무도 모르게 누구보다 은밀했던 이는 이제는 더 용무가 없다는 듯 앞서 간 두 존재들과 같이 사라져 갔다.

은밀하고도 은밀하게.

*　　　*　　　*

─누군가 있다.

"……."

정말 일이 벌어지는 건가? 왕정은 그리 생각했다. 그렇지 않고서야 독존황이 그런 말을 할 리가 없었으니까.

그런데 뭔가 이상했다.

"……어설픈데요? 아니, 일부러 드러낸다고 해야 할까요."

─확실히 그러하구나. 전문 암살자라기엔 모자라. 흐음…….

느껴지던 기척은 자신이 암살자가 아니라는 것을 증명하고 싶었던 건지 바로 모습을 드러냈다.

그는 왕정은 모르는 자이지만, 이화가 보냈음이 분명한 정우였다.

"뭐요?"

왕정이 퉁명스럽게 물었다.

자신의 뒤를 잡아채려 했던 것도 마음에 안 드는 데다가, 잘생기고 풍채 좋은 모습에 왠지 모르게 질투가 난 탓도 있으리라.

덤으로 왠지 모를 반감이 전해지기도 한다.

"……정우라고 한다."

"아니, 냉큼 이름을 말하면 아아 어디 어디의 정우시구나 하고 알겠소? 응?"

퉁명스럽기는.

이화나 철아영을 대할 때와는 다른 태도의 왕정이다. 하지만 그를 대하는 정우도 만만치 않았다.

"……애송이군."

"하. 그대 이름을 모르면 애송이라 이거요? 용무가 대체 뭐요?"

"……이화가 보내서 왔다."

이화라. 정우라는 자의 입에서 이화라는 말이 나올 줄은 몰랐던 터라 왕정이 조금 놀라 다시 물렀다.

"이화 누님이?"

"그래. 그대를 보호해 달라고 부탁을 하더군."

"나는 누군가의 보호는 필요가 없소만. 이화 누님이 사람을 잘못 보낸 거 같군요."

"후우……."

정우가 한숨을 내 쉰다.

'애송이가……. 버릇을 고쳐 줘야 하는가?'

처음 자신을 못 알아 본 거야 이해를 할 수 있다. 무림맹에 속해 있다 해도 자신이 하는 임무의 특성상 못 알아볼 수 있으니까.

이화가 미리 말을 하지 않았을 수도 있으니 이해하고 넘어갈 수 있다 이거다.

그런데 저 태도는 뭔가?

자신을 너무 우습게 보는 태도이지 않은가.

호승심이 아주 강한 편은 아닌 그이지만 왠지 모르게 껄렁껄렁한 왕정의 태도에 빈정이 상하는 정우였다.

게다가 자신의 마음에 있는 여인이 이런 놈에게 마음을 두고 있다는 게 싫기도 했고! 사실 이 이유가 가장 클지도 모르겠다.

"웬 한숨입니까? 저는 보호 같은 거 됐으니까 이만 가시지요."

"……이화의 부탁을 받았다. 있어야 한다."

"아이. 됐다니까요? 응? 보아하니 공사가 다망하실 거 같은데 가서 볼일 보세요."

왜 이렇게까지 왕정이 퉁명스러운 걸까? 평상시 그의 모습을 생각하면 거리감이 드는 모습이기까지 하다.

하지만 왕정은 왕정대로 그럴 만도 했다.

'왜 사람을 시험하듯 뒤를 잡아채? 거기다가 저 거만한 태도하고는……'

이화가 사람을 보냈다는 거야 넘어간다손 치더라도, 저 정우라는 사내가 왕정으로서는 마음에 안 들었다.

자신을 알아보지 못한다는 것을 이상하게 여기는 거 하며, 사람을 바로 앞에 두고 한숨을 쉬는 것까지!

게다가 왠지 모르게 자신과는 상성이 안 맞는 듯한 느낌이었다.

왜 그런 거 있지 않은가. 이유도 없는데 보기만 해도 기분이 나빠지는 그런 사람. 왕정에게는 정우가 딱 그 꼴이었다.

처음부터 왠지 모를 자신에 대한 거부감이 그에게서 느껴지기도 하고.

'주는 거 없이 얄밉다.'

'……버릇을 어떻게 고쳐준다?'

서로가 서로에게 반감을 느껴 갈 때. 정우가 참다 못해 한마디를 날렸다.

"애송이. 나는 이화의 부탁을 받고 보호를 하러 왔으니 그렇게 알도록."

"……누가 애송이입니까? 하아…… 누님이 보낸 사람이라 좋게 보내려고 했더니 이거 참……."

"좋게 보내지 않으면 어떻게 하려고 했나?"

사내끼리 이런 식으로 반감을 가졌을 때에는 사실 하는 행동이 정해져 있지 않은가.

게다가 힘이 있으면 쓰고 싶기 마련!

특히 무림인들의 경우에는 이런 식으로 시비가 생기면 답은 하나다. 싸움 혹은 대련이라 불리는 그것밖에 없다.

"적당히 몸 좀 주물러 주고 보내주는 거죠. 후후."

"……할 수나 있을 까 모르겠군."

"어디 한번 해 보시렵니까? 대.련.이라도. 아아. 그 비싼 옷 망가지기 싫으셔서 못 하실지도……."

─유치하구나.

독존황의 말대로 유치하기 그지없는 도발이다.

하지만, 단 한 번도 이런 도발을 받아본 적 없는 데다가, 왕정에게 반감까지 가지고 있는 정우에게는 즉효였다.

"그래. 해 보자꾸나."

"후후. 바라던 바입니다."

아아. 누가 그랬던가. 남자는 다 커서도 애라고.

한 명은 보호를 하라고 데려다 놨더니 대련을 벌이려 하고, 다른 하나는 자신을 보호해 주려는 자와 싸우려 들지를 않는가.

자신들의 입장은 전부 잊은 채로 대련을 벌일 채비부터 하는 둘이었다. 이화가 이런 둘을 봤다면.

"……바보들."

이라고 했을지도.

그렇게 서로 자리를 잡아 맞부딪치려는 둘이었다.

*   *   *

정우.

비록 서자 출신으로 성도 제대로 이어받지 못했지만 그는 대 남궁세가의 서자였다. 그의 아비 또한 그를 각별히 여겨 절기를 하나 가르쳐 주었다.

사정이 있어 비록 성은 물려주지 못했다고 하더라도 아비로서 최소한의 도리는 한 것이다.

그게 남궁세가에서 유명한 이름을 가진 검법 중에 하나

인 고혼일검(孤魂一劍)이었다.

중검을 주로 사용하는 남궁세가에서 특이하게도 환검을 주로 사용하는 무공이기도 했다.

"오라!"

검을 뽑아선 그. 그와 마주하여 자세를 잡은 왕정.

'오라면 못 갈 줄 알고.'

그 대련의 시작은 왕정의 움직임으로부터였다. 사냥꾼 출신으로 실용성을 중시하는 그이니 체면이고 뭐고 선공을 양보하면 챙기고 보는 거다.

"타앗!"

절정에 이른 왕정이지만 경공술은 아직 미흡하여 생각보다는 느린 몸으로 달려 왔다.

경공은 무공의 기본이기도 하다는 말이 괜히 있는 것이 아니던가. 그를 보고 판단을 내린 정우다.

'느리다. 하지만 기세는 강하군.'

처음의 한 방.

쉬이이익!

크게 호선을 그리며 다가온 왕정의 주먹이 정우의 검과 교차해 지나간다. 서로 맞부딪쳤으면 왕정이 크게 피해를 봤으리라.

"호오?"

"제길!"

단순해 보이지만 나름 심혈을 기울인 강한 한 수였던 건지 왕정이 아쉬움을 삼킨다. 그렇게 순식간에 지나가는 삼초.

왕정은 독공을 주로 익힌 데다, 아직까지도 권법에는 강하지 못했기에 별달리 소득 없이 삼 초식이 지나갈 수밖에 없었다.

'후후. 그래도…… 되긴 했다.'

허나 평상시 그답게 또 무언가를 했던 건지, 그의 눈빛은 반짝 빛나며 정우를 바라보고 있었다.

'자신감 하나는 좋군.'

왕정의 그러한 태도를 정우는 자신감이라 본 듯했다. 하지만.

스으으으. 스으으읏!

뱀이 움직이듯이 일견 사특한 듯한 움직임으로 왕정에게 다가서는 정우의 검은 감탄할 수준 이상의 내공이 어려 있었다.

이번 일을 기회로 왕정을 제대로 교육시키려 함이리라!

"……칫."

왕정은 강기를 사용하지 못하는 상황에서 검에 직접적으로 부딪치면 안 된다는 것 정도는 알고 있었다.

그렇기에 부족한 경공이지만 어렵사리 몸을 움직여 가면서 정우의 검을 피하기를 한참이었다.

실용적인 그답게 최소한의 움직임으로 정우의 검을 피해 내고는 하는 그!

하지만 왕정이라고 하더라도 환검을 미처 다 피하기는 어려웠던 건지 곳곳에 생채기가 나기 시작했다.

그렇게 몇 수나 서로 간에 주고받았을까?

정중동의 자세를 하듯 차분하게 왕정을 몰아붙이는 정우의 검이 잠시지만 멈추었다.

'뭐지?'

왕정이 독공의 고수라는 것은 이미 알고 있었다. 해서 미리 그가 가지고 있던 백해단을 씹어 삼켰었다.

자신에 내공에 백해단의 약효를 더함으로써 혹시 모를 독에 대비를 하기 위함이었었던 것이다.

그런데 몸에서 느껴지는 이 이물감은 뭔가?

그의 잠시의 멈칫함에 왕정은 그제야 자신이 원하던 것이 이루어졌다고 여긴 건지 얕은 웃음을 짓기 시작했다.

그때부터 시작이었다.

"크으……."

단 한순간도 물러섬이 없던 정우가 조금씩, 아주 조금씩 뒤로 밀리기 시작했다.

일 장, 이 장, 삼 장. 그리고 오 장!

비무대였다면 이미 끄트머리에 다다랐을 만한 거리였다!

정우는 순식간에 뒤로 밀린 것이다.

"뭐, 뭐냐……."

"뭐긴 뭐겠습니까? 영업 비밀이지요."

실상은 이 모든 게 왕정의 꼼수였다.

정우가 먹은 백해단이 누구로부터 만들어졌던 것인가?
바로 왕정이다. 눈앞의 왕정!

그 백해단은 무엇으로 만들어졌는가? 왕정의 독정에서
나온 내공을 주입함으로써 만들어 진 게 백해단이다!

결국 백해단의 근원은 왕정의 내공으로부터 만들어졌던
것!

그렇기에 왕정으로부터 만들어진 백해단의 성질은 왕정
의 내공의 그것과 전혀 다르지 않았다.

백해단의 기운 자체가 왕정의 내공과 비슷하다 이 말이
다.

'후후…… 만든 지 오래 되었던 거라 좀 힘들긴 했지만
결국 됐군.'

정우와 처음으로 맞부딪혔을 때 왕정은 깨달았다.

자신이 보낸 독이 제대로 먹히지 않은 것을 보고 해독단
을 흡수했겠거니 한 것이다. 그런데 무림맹에서 쓸 만한 해

독단은 결국 자신이 만든 해독단이 아닌가?

"크으…… 대체…… 언제 독을……."

"후후. 어떠신가요?"

해서 그때부터 왕정은 그의 몸에 있을 자신과 같은 속성을 가진 백해단의 기운을 찾기 시작했다.

그가 끊임없이 정우에게 밀렸던 것은 그의 권법이 뛰어나지 못한 것도 있지만, 기운을 찾는 것에 집중을 했던 이유도 있었던 것이다.

그렇게 어렵사리 찾아낸 백해단의 기운!

그때부터 정우의 몸에 이물감이 찾아왔을 거다. 왕정이 인정사정 보지 않고 자신이 찾은 백해단의 기운을 조금씩 조종하기 시작했었으니까!

비록 만든 지 꽤 된 것이라고 하더라도, 왕정으로부터 만들어진 기운이 아니던가.

백해단의 기운을 찾아내고서부터는 그것을 조종하는 것은 왕정으로서 일도 아니었다.

이 장 정도만 떨어지지 않는다면, 일 장 정도의 거리만 된다면 독 구슬을 가지고 놀듯, 독의 기운을 조금이나마 조절할 수 있는 것이다!

비록 독존황이 생전에 세상 만물의 독을 다루었던 것처럼은 못해도, 자신으로부터 비롯된 기운 정도는 할 수 있으니까!

왕정으로서는 애당초 해독단을 만들어 퍼트릴 때부터 이런 수법을 감안하고 풀었었던 것이니 계획적이라고도 할 수 있겠다.

'후후…… 해독단 만세라니까. 돈도 되고 무기도 되고!'

이제는 완전히 패배를 직감해 버린 정우가 검을 아래로 내리고는 물었다. 반쯤은 패배를 인정한 모습이다.

"무…… 무슨 독을 쓴 것인지도 알려줄 수 없더냐?"

독 기운을 조종하느라 애를 쓰는 건지 그로서도 말이 떨리는 것은 어쩔 수가 없었다. 그런 모습을 보고도 왕정은 태연한 말투로 말했다.

"영업 비밀이라니까요? 후후."

"크으……. 그래. 이해한다."

자신이 무슨 수법을 사용했는지 알려주는 무인이 누가 있으랴. 알려주지 않는 게 무림의 관례다.

'쓸데없는 소리를 해 버렸군.'

정우는 순간적인 궁금함으로 물었던 자신을 탓했다. 그는 마지막으로 입술을 질끈 깨물며 말했다.

"……졌다."

"후후."

따아악!

정우에게 이겼다는 것을 즐기는 건지 왕정이 손가락을 맞부딪쳐 딱하고 튕기자 정우에게 있던 이물감이 바로 사라졌다.

"……대단한 독이군."

정말 대단한 독이었다.

절정에서 초절정에 가까운 자신을 이런 식으로 묶을 수 있는 독이 있을 줄은 정우도 상상치 못했던 거다.

"과찬입니다. 그나저나 제가 이겼으니 이제는 가 주셔야 지요?"

"……"

처음 둘의 대련은 바로 이것을 명목으로 일어났던 거다.

서로가 마음에 들지 않는 상황에서 보호는 필요가 없었으니까. 대련으로 매듭을 지으려고 한 거다.

하지만,

'어떻게 해야 하는가…….'

정우로서는 대련에서 졌다고 해서 왕정의 말대로 물러날 수만은 없었다. 대련 이전에 왕정의 보호를 부탁하는 이화의 부탁이 있었기 때문이다.

게다가 그가 어떤 방식을 써서 자신을 중독시켰는지 너무도 궁금하기도 했다.

패배와 부탁. 그리고 궁금증!

의외로 뻔뻔함을 가지고 있는 정우가 입을 열어 말했다.

"패배는 인정한다. 하지만 갈 수는 없다."

"에엑?"

딱 봐도 정우란 사내는 자신이 한 말은 철석같이 지킬 듯한 사내다! 그런 사내가 패배를 하고도 말을 바꿀 줄이야!

그는 생각 이상으로 뻔뻔했다.

"대련을 해서 진다 해도 간다고 약조를 한 바가 없다."

"……으으."

기억을 뒤져보는 왕정. 천재는 아닌 그라지만 방금 전에 했던 대화들 정도를 기억할 머리는 있었다.

'……정말 그런 약조를 한 적은 없는데? 젠장.'

정우의 말대로 정우가 대련을 한다고 해서 그 결과로 무언가를 약속한 적은 없었다. 단지 그런 분위기만을 풍겼을 뿐이다.

하지만 그렇다고 해서 정우를 그대로 인정해 주기에는 왠지 억울한 왕정이었다.

"그럼 어떻게든 있겠다 이 말입니까?"

"그래."

"제가 독을 살포해도?"

"차라리 죽었으면 죽었지 붙어 있을 생각이다."

돈 거래를 할 때도 이런 식으로 우기는 자는 보지 못했던 왕정이다. 게다가 정우는 정말로 **뻔뻔**하게도 자신을 죽일 테면 죽여보라는 태도다.

왕정이 그리 못할 것을 알고 있는 정우인 것이다. 이렇게 되면 왕정으로서도 어떻게 할 도리가 없었다.

왕정은 대련에서 이겨놓고도 자신의 뜻대로 뭐 하나 되지 않자 억울함을 가득 담아 외쳤다.

"젠장할! 그럼 제 옆에 있게 해 주시면 뭘 해 주실 겁니까?"

"호위 무사가 되어 주지."

"그거 싫다니까요? 거기다가 호위무사 한다면서 저보다도 약하잖아요?"

왕정의 말에 왠지 울컥하는 정우. 하지만 그가 대련에서 진 것도 사실인지라 그로서도 반박을 하기 힘들었다.

"그래도 호위 무사를 해 줄 생각이다. 이래 봬도 초절정에 가깝다."

"그래도 지셨잖아요? 응? 그쪽 움찔하는 거 다 보인다고요!"

왕정도 용케 정우가 움찔한 것을 본 듯했다. 하지만 어떻게 하겠는가. 억지 앞에서는 답이 없는 법이다.

"지금부터 시작하면 되겠는가?"

"으아아아! 젠장!"

대체 이화는 어디서 저런 녀석을 구해서 보낸 것일까?

백해단을 이용한 자신의 꼼수가 아니었었다면 분명 지는 쪽은 자신이었을 거다. 하지만 일단 결과는 자신의 승리가 아닌가!

승리를 해놓고도 상대에게 휘둘리는 것은 절대로 인정할 수 없는 왕정이었다.

"좋아요. 그럼 그쪽을 호위 무사로 받아주지요. 하.지.만."

"하지만?"

"밥값은 해줘야 할 겁니다. 어디 한번 두고 보자고요!"

뿌득.

이까지 갈아가면서 어떻게든 그를 괴롭히자고 마음먹는 왕정이었다. 과연 고집불통의 정우에게 왕정의 수가 먹혀들지는 모르겠다.

어쨌거나 정우는 이화의 부탁대로 왕정의 곁을 지키는 것을 허락 받았다. 그게 비록 고집이든 우김이든 간에 결과적으로 부탁을 들어주는 데 성공한 것이다.

'후우…… 두고 보자고. 아주 제대로 굴려주겠어.'

비록 앞일은 왕정의 말대로 두고 보아야만 하겠지만 말이다.

第十一章

쪼잔하다는 것

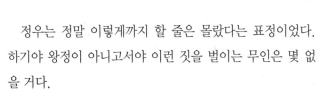

정우는 정말 이렇게까지 할 줄은 몰랐다는 표정이었다.
하기야 왕정이 아니고서야 이런 짓을 벌이는 무인은 몇 없
을 거다.

아니, 아예 없을 거다. 그만이 오직 유일하게 체면이고
뭐고 간에 이런 식으로 굴 수 있을 거다.

"……이럴 거냐?"

"뭘요? 후후."

정우가 자신의 앞에 주어진 밥을 보고는 말한다.

"……정말 이런 식으로 나올 거냐는 거다."

맨밥이다. 그마저도 아주 조금밖에 없다. 앞에 반찬이라

고는 아무것도 없는 상태. 왕정이 밥입니다! 하고 가져 온 게 또 이 상태다.

호위무사를 맡고부터 계속 하루 종일 이런 밥만 나왔다.

"제가 말했잖아요."

"뭘?"

"밥값은 해야 한다고. 그런데 호위 무사치고 밥값 하는 게 없으니 어쩔 수 없죠 뭐…….."

밥값을 해야 한다가 말 그대로 밥값을 해야 한다는 뜻이었다니. 정우로서는 정말 당황스러울 뿐이다. 그리고.

'유치하다.'

문제는 그런 유치함에 자신이 당하고 있다는 것이다.

왕정이 무슨 짓을 했는지 몰라도 마을 사람들도 돈을 쥐어 주면서 밥을 가져다 달라 해도 들어주지 않는다.

"어이쿠! 저는 이런 일 못합니다요."

"큰일 날 짓을 시키십니다요. 못합니다."

돈을 심부름 값으로 받고 밥 한 끼 사오는 것이 뭐 어렵다고 한사코 거절을 한다.

그렇다고 정파에 속한 정우가 사파의 무인들처럼 강제로 시킬 수도 없지 않은가? 그로서는 도리가 없었다.

"그나마 밥이라도 주는 게 어딥니까? 공짜로 주는 밥이라고요."

"크흠······."

공짜 밥이긴 하지. 아니, 호위에 대한 최소한의 대가라 해야 할까?

왕정이 지금의 상황이 재미있다는 듯이 약 올리듯 웃으면서 그에게 말한다. 얼굴에는 장난 끼가 가득 어려 있었다.

"억울하면 나가서 사 먹으시든가요? 그거까지는 막지 않을 테니까요"

"······내일 그럴 생각이다."

"어? 그런데 제 호위 무사 한다고 하시지 않았어요? 밥을 사먹으러 가시면 제 호위는 누가 해 줄려나요?"

—무서운 놈.

정우는 딱 봐도 정파의 무사다.

그것도 무엇 때문인지 몰라도 꼭 정파 무인답게 행동해야 한다는 강박이라도 있는 듯해 보인다.

아무런 이유가 없이 그럴 리는 없으니 무언가 사연이 있어서 그럴 거다.

왕정은 그것을 딱 꼬집고 놀리고 있는 거다. 저런 사내는 밥 따위보다는 임무가 먼저기 마련이다.

그러니 나가서 밥을 사먹을 수 있는 능력이 있다고 하더라도, 호위를 위해서 사먹을 수가 없다.

한 끼 식사보다는 호위를 하는 것이 우선이기 때문.

그러니 이런 식으로 밥 한 끼 제대로 대접하지 않으면서 괴롭힌다면야, 정우로서는 달리 도리가 없는 것이다.

먹는 것을 가지고 이러는 것은 유치하기 그지없지만 정우로서는 당할 수밖에 없는 수다.

고작해야 밥이지만 왠지 모르게 풍족하니 밥을 먹는 왕정의 모습에 약이 더 오를 수밖에 없기도 하고!

—꼭 그리해야겠느냐?

독존황의 물음에 왕정이 근래에 배운 전음을 자신에게 다시 한다. 자신에게만 말을 전하면 독존황이 알아듣기 때문이다. 정우에게 들키지 않고 두 사람이 대화를 나누기 위한 방법이었다.

『그럼 달리 수가 있겠어요? 후후. 호위 무사를 자처하니까 그나마 밥이라도 챙겨주는 거지요.』

—무사를 그리 괴롭히면 못 쓴다.

『에이! 처음부터 원하지도 않는데 억지로 하는 거잖아요. 제가 한 준비면 충분할 텐데…… 이화 누나가 괜히 사람만 보냈다니까요.』

—그거야 그렇다만…….

하기야 왕정으로서는 왕정 나름대로 짜증이 나 있기는 했다.

지금의 자신은 무공을 이제 막 배우기 시작한 옛날의 자신이 아니지 않는가. 부족하나마 연독기공 칠성의 경지를 향해 달려가는 자신이다.

　거기다가 사냥꾼의 묘를 잘 살려서 미리 준비를 한 것이 있기까지 하고.

　해서 자신이 해 놓은 준비들과 연독기공의 힘이라면 어떻게든 암수를 막을 수 있을 거라 여긴 그다.

　그런데 이화가 사람을 보냈다. 정우라는 사내를 호위무사라고 보낸 거다.

　자신의 준비를 완벽에 가깝다고 자부하고 있었던 왕정으로서는 그런 정우가 곱게 보일 리가 없었다.

　처음부터 자신에게 반감을 보인 것도 맘에 안 들기도 했었고.

　『거기다 솔직히 말해서 저한테 반감 있는 사람을 좋게 볼 수는 없잖아요? 안 그래도 혼자 살았던 저로서는 저런 반감이 더욱 크게 느껴진다고요. 잘 못 느껴 본 감정이니까요.』

　—흐음……. 그렇게까지 말한다면야 어쩔 수 없겠지. 마음대로 하려무나.

　『이렇게 괴롭히면 자존심 상해서라도 얼마 못가서 떨어지겠죠 뭐.』

─허허. 과연 그럴지는 두고 보아야겠지.

둘의 대화는 전혀 모르는 채로 정우가 왕정이 준 소량의 밥을 꼭꼭 씹어 삼킨다. 밥이 귀한 음식이라도 되는 듯한 태도다.

그 양이 얼마 되지 않아 금방 식사를 마친 그가 말했다.

"내일부터 내 식사는 이렇게 준비해 주지 않아도 된다."

"왜요? 가시려고요?"

"……."

가 주면 아주 좋다. 하지만 정우는 왕정에게 가타부타 아무런 말도 없이 침묵을 지킬 뿐이었다.

그렇게 호위 무사의 첫 하루가 지나갔다.

*   *   *

이튿날.

"에엑? 이거 반칙 아닙니까?"

"내 능력대로 일을 한 것뿐이다."

정우가 무슨 수를 써서 연락을 한 건지 몰라도 다른 무사 하나가 뭔가를 전해 주러 왔다.

왕정으로서도 전에 해독단을 전해 주면서 잔금을 받을 때에 한번 봤던 무사다. 보기에 정우의 하급자인 듯한 그가 말했다.

"여기 있습니다. 폐관 수련도 아니신데 왜 이런 게 필요하신 겁니까?"

"몰라도 된다."

차마 밥을 제대로 못 얻어먹어서 라고는 말하지 못하는 정우였다.

그가 받은 것은 비단으로 곱게 쌓여 있는 주머니다. 그 안에는 옆에서 가만 맡아도 전해질 만큼 청아한 향이 나는 잘 만들어진 벽곡단이 들어 있었다.

척 맡아지는 향만 맡아 봐도 싸구려는 절대 아닐 게 분명한 벽곡단을 정우가 하나 꺼내어 씹어 삼킨다.

왕정에게 보라는 듯이 으적으적대면서 먹는 것이 어제 하루 홀대를 받은 게 제법 서운했던 듯하다.

"이거면 되니 나는 식사가 필요 없었던 거다."

"우와. 독하시네."

고급의 벽곡단이라고 하더라도 어쩔 수 없는 허기가 느껴질 수밖에 없다.

본래 도인들이 수행을 위해서 처음 만들었던 것이 벽곡단이니만큼 최소한의 영양만이 있을 뿐이기 때문이다.

아무리 대단한 벽곡단이라고 하더라도 포만감을 주지 않으니 벽곡단으로 생활하면 항시 허기가 느껴질 수밖에 없다.

"뭐가 독하단 말인가?"

"안 배고파요?"

"괜찮다. 본래 수련할 때는 이렇게 먹고 산다."

"……와아."

독하다.

딱 봐도 밥을 가지고 괴롭히는 건 더는 무리였다. 달리 수를 내야만 했다.

"흐음……."

"뭘 그리 깊게 생각하나?"

"어떻게 하면 더 쪼잔해질 수 있을까에 대해서요."

"……."

침묵하는 정우. 생각에 골똘히 잠기기 시작하는 왕정. 죽이 잘 맞는 건지 아닌 건지 모르겠는 둘이었다.

그렇게 첫날은 밥으로 괴롭힌 왕정의 승리로, 둘째 날은 벽곡단을 얻은 정우의 승리로 돌아가고, 시간은 점차 흐르고 있었다.

＊　　　＊　　　＊

"어차피 호위할 것도 없는데 이거라도 도와요!"

"……."

의방 확장 공사에 정우를 동원해 보기도 한 왕정이다. 침묵은 하되 의외로 순순히 일을 돕던 정우였다.

그러다 식사 시간이 다가 오면.

"밥값을 했다."

"……하."

제 할 일을 다 했다는 듯이 왕정에게 다가온다. 의외로 정우 이 양반도 끈질긴 양반이었다.

괴롭히기, 밥. 괴롭히기, 대응하기로 얼마나 시간을 보냈을까? 왕정으로서도 며칠쯤 해 보자 끈덕진 정우에게 점차 질리기 시작했다.

"후아……. 어떻게 해야 하나 정말."

—그러길래 저런 무사는 괴롭히면 안 된다고 하지 않았더냐?

"할아버지까지 이러시기예요? 아무리 봐도 저 인간 너무 독하다고요."

사냥을 하면서 혼자 살아온 자신과는 또 다른 독함을 가지고 있는 정우다.

자신의 쪼잔한 괴롭힘을 묵묵히 받아 넘기면서도 호위 무사 역할은 곧잘 하고 있는 것을 보면 대견해 보이기까지 할 정도다.

—허허. 진짜 무서워서 그렇겠지.

"쳇. 어째 손주보다 더 좋아하는 거 같네요."

—그런 것 같냐?

"⋯⋯몰라요."

정우에게 호감을 보인다고 질투하는 것은 애 같겠지라고 생각하는 왕정이었다.

질투를 가지고 애 같으니 아니니를 운운하기 이전에 자신의 쪼잔한 괴롭히기부터 그만둬야 하는 것이 아닐까.

"어떻게 한다⋯⋯."

정우를 보면 괜스레 이화까지 얽혀 생각이 나면서 한참을 그를 괴롭히기 위해 고뇌하던 왕정이다.

의방 확장 때문에라도 별달리 일이 없었던 그로서는 이런 고뇌가 시간 때우기에 좋은 재밌거리일지도 모르겠다.

의외로 그의 고민은 더 오래 갈 필요가 없었다. 그가 딱히 고민을 할 필요도 없이 일부터 벌어졌기 때문이다.

스으으으. 스으.

—진짜가 왔구나.

그를 시험하기 위해 왔던 정우와는 다르게 그를 노리는 자들이 왔다.

"확실히요."

아직까지는 희미하게 느껴지는 수준이다. 독존황이 아니

었더라면 눈치채기도 힘들었을 거다.

"왕정!"

"여깁니다."

정우도 용케 알았는지 자신을 향해 빠르게 달려오기 시작했다. 호위 무사로서의 역할에 충실한 그인 것이다.

처억.

"……비켜라!"

그를 막아서는 살수 두 명.

모습을 드러낸 것은 둘이지만 실제로는 그 이상이 은신해 있다는 것을 정우도 눈치채고 있었다.

그는 빠르게 가던 발걸음을 멈추고 살수들과 대치를 할 수밖에 없었다.

실력의 고하에 상관없이 상대를 죽일 수 있는 능력을 가진 자들이 살수기에 그도 함부로 상대를 할 수 없었던 것이다.

어쩌면 모습을 드러낸 둘조차도 자신을 상대하기 위한 미끼용일지도 몰랐다.

"휘유……. 그래도 정우라는 자가 몇을 맡아주는 거 같지요?"

─그래도 스물 정도 빠져나간 거다. 아직도 너한테 삼십 정도는 있구나.

확신을 가진 독존황의 말투다. 하지만 왕정으로서는 어리둥절할 뿐이다.

분명 독존황이 살수들을 느낄 수 있는 것은 자신의 오감을 공유해서일 텐데, 왕정이 생각한 것과 그 수가 다르기 때문이다.

자신이 느끼는 수는 달랑 스무 명 정도인데 열을 더해 삼십이 있다고 하니 그럴 수밖에 없기도 하다.

"정말이에요?"

―이 할애비가 거짓말을 치겠느냐.

"그것도 그렇겠네요."

수도 제대로 파악 못 할 자들이라면 조심해서 상대를 해야 했다.

'역시 방법은…….'

사냥꾼답게 자신의 영역으로 가야 했다. 자신이 지난 몇 달간 준비를 했던 자신만의 영역으로!

영역이 그의 가장 큰 무기다. 그곳에서 승부를 결해야만 삼십이라는 살수들을 상대할 수 있으리라.

움직이기 전 왕정이 정우에게 전음을 남긴다.

『저는 먼저 움직이도록 하겠습니다. 나머지를 맡아주세요.』

『……알겠다.』

살수와 대치를 하던 정우 또한 전음으로 답을 해 준다.

상황 파악이 빠른 편인 그이니만큼 왕정의 행동에 맞춰 무언가 조취를 취해 주리라.

*　　　*　　　*

왕정은 순식간에 지친 듯 꽤나 벅찬 숨을 내뱉고 있었다.

"하아……. 꽤 지치네요."

―추격당하는 것이니까.

추격을 해 본 적은 있었다.

사냥꾼이 사냥을 할 때 상처 입은 짐승을 쫓는 것은 예삿 일이니 당연했다. 의외로 맹수조차도 부상에 약한 모습을 보일 때가 있었기 때문이다.

추격을 할 줄은 알았어도 자신이 이런 식으로 추격을 당 할 줄은 몰랐던 왕정이다.

자신이 준비한 자신만의 영역으로 가기 위해서는 오 리 정도를 달려야 하는데 그 짧은 거리가 문제였다.

'……방심이었다고 해야 하려나. 경공이라도 더 집중적 으로 닦을 것을.'

이번 일만 이겨내고 나면 경공을 집중적으로 수련해야겠 다고 생각하는 왕정이었다.

추격전에 독이라도 썼으면 나아질 수도 있겠지만 영역 내에서 자신의 작전대로 움직이려면 내공을 아껴야 했다.

생각 이상으로 강한 전력을 보이는 살수들이다 보니 더욱더 그리해야 할 거다. 영역만이 진정 자신의 힘을 낼 수 있는 곳이니까.

스아아악. 파악!

자신을 노리고 날아 온 암기를 왕정이 손으로 쳐낸다. 강기 정도는 아니어도 내력을 더해서 암기는 막을 수 있었다.

'본격적이네.'

오 리라는 거리가 이렇게 길 줄이야.

"……."

침묵을 유지한 채로 살수들은 자신을 조여 오고 있었다. 자신이 도망치려는 것조차 이미 작전 내에 있었다는 태도다.

—오른쪽!

"칫."

독존황의 말에 재빨리 왼편으로 몸을 날리는 왕정이다.

파아아악!

단도 정도 되어 보이는 제법 큰 크기를 가진 암기가 왕정의 오른편으로 박힌다. 암기의 종류도 가지각색이다.

—왼쪽!

이번에는 겸이냐? 사슬 달린 낫을 쓰다니!

—다시 오른쪽이다!

퍼어억!

나무에 박힌 후 부르르 몸을 떠는 철창이다. 투창술을 쓰는 무공도 있는가 생각이 들 정도.

—이번에는 통화우다!

쉬시시식. 쉬식.

퍼버버벅. 퍼벅. 퍼벅.

날카로운 가시들이 당연히 있어야 할 자리에 꽂힌다는 듯이 왕정이 있던 곳에 수십 수백 개가 박혀든다.

당가에서 처음 만들어 사용하기 시작했다는 암기통을 날린 게 분명했다.

'저거 꽤나 고가일 텐데. 대체 어디서 얼마나 들여서 암살을 시도한 거야?'

종류도 많고 수법도 가지각색!

놈들은 어떻게 하면 사람을 피 말려 죽일 수 있을지를 아는 암살의 전문가들이었다.

독존황의 도움 덕에 큰 위기는 넘기면서 달린 지 얼마나 됐을까?

낮은 수준의 경공이지만 그래도 경공을 익힌 것이 도움은 된 것일까. 드디어 기다리던 자신의 영역이 보였다.

'시작은…….'

역시 독!

추격전에 시달리던 왕정의 반격이 그곳에서부터 시작 되었다.

第十二章

싸움과 준비 부족

사냥꾼은 자신의 영역에서만큼은 무적이다.

아니, 무적이여야만 했다. 그게 무공을 익히지 않은 보통 사람이 맹수들을 이길 수 있는 비결이다.

정우를 괴롭힐 때 보였던 장난 끼 어린 표정은 자신의 것이 아니었다는 듯 왕정이 사냥꾼의 진중한 눈을 하고 영역을 살폈다.

차아아아악!

찌르르르릉!

그가 올무 하나를 잡아당기자 그의 영역에 있던 미리 준비된 올무들이 팽팽하게 당겨진다. 올무에 묶여 있던 종이

울리는 것은 당연한 일이었다.

'이것으로 전보다는 더욱 잘 파악되겠지.'

아무리 대단한 은신술을 쓴다고 해도 올무에 하나 정도는 걸릴 거다. 아니면 올무를 조심하기 위해서라도 움직임이 느려질 수밖에 없다.

어느 쪽이든 이득이다. 올무를 미리 준비한 이유가 그것 때문이니까.

'일차는 이것으로 되었다.'

상대들도 미리 올무까지 준비를 했을 줄을 몰랐던 듯, 처음으로 당황하는 모습을 보였다.

당황은 자연스럽게 그들에게 있던 흐름을 왕정에게 가져다주는 것으로 이어졌다. 그들로서도 이런 경우는 처음이리라.

사냥꾼을 암살해 본 무림의 살수는 극히 없을 테니까. 특히나 준비된 사냥꾼을!

찌르르릉!

하나가 실험을 해 보자 한 걸까? 아니면 나가 보라 명령을 받은 걸까? 어느 쪽이든 상관없었다!

소리를 낸 것이 중요했을 뿐이다.

파아아아악!

미리 준비되어 있었던 화살을 날리는 왕정. 상대 또한 왕정이 화살을 날릴 때부터 대비는 했었는지 옆으로 움직여 화살을 피하려고 했다.

하지만.

"크으윽. 무, 무슨······."

일직선으로 날아가야만 했을 화살이 순간적으로 방향을 틀어 살수의 몸에 틀어박힌다. 화살이 정해진 궤도를 트는 괴이막측함을 보여준 것이다!

"크으으."

살수 하나가 처음으로 죽었다. 왕정의 독이 묻혀 있는 화살이니만치 살수도 버티지 못한 것이다.

─먹히는구나.

"이게 무공과 사냥법의 조화죠."

이것은 모두 그의 계산하에서 벌어진 일.

처음 독 구슬을 수련할 때에 구상했던 사냥꾼의 방식과 연독기공을 함께 활용하는 방법 중에 하나다.

'독의 제어.'

본디 일 장 이내가 그가 독을 완벽하게 제어할 수 있는 영역이다. 수련으로 조금 넓어졌어도 이 장이 채 되지 않는다.

그게 지금 현재 왕정의 한계.

하지만 이 장을 넘어서도 아주 잠시라면 독의 제어가 가능하다. 말도 안 된다고? 아니, 되는 일이다.

완벽하게 제어하는 것은 힘들다고 하더라도 몸에서 떨어진 그 잠시 동안의 순간에는 제어를 할 수 있었다.

아주 찰나지만 집중을 하면 가능한 일이다.

그게 그가 이번에 화살의 궤도를 바꿀 수 있었던 원리다. 자신이 바른 독을 이용해서 순간적으로 화살의 궤도를 바꾼 거다!

그야말로 제어권을 잃기 이전의 찰나를 이용한 방식!

그동안 수련과 사냥법이 조화될 수 있는 방법을 고안해 오지 않았더라면 시도조차 하지 못했을 방법이다.

한 명이 나가떨어지기 시작하자 그때부터는 완전히 분위기가 왕정에게 넘어 왔다.

'다음은……'

살수들은 더욱 조심하기 위해서인지 종이 달린 올무를 피해 움직이는 듯했다. 하지만 그것조차도 그의 영역 내에서는 미리 예상된 일이었다.

'올무를 피해 움직이게 되면……'

정해진 길로밖에 다닐 수 없게 된다. 그가 그리 되도록 설계를 해서 올무를 지난 몇 달간 설치해 뒀기 때문이다.

차라리 진이라면 예상을 했을지도 모르지만, 살수들로서도 이런 방식은 처음이기에 이는 예상조차 하지 못했다.

살수는 사냥꾼의 방식에는 무지할 수밖에 없었으니까.

그리고 그 무지가 죽음으로 이어지기 시작했다.

"크으으윽…… 독."

올무를 피해 움직이던 살수가 숨을 들이마신 폐에서부터 타오르기 시작한다. 왕정이 미리 설치해 두었던 독 함정들을 발동시키기 시작한 것이다.

그가 살수들에게 추격을 당하면서도 끝에 끝까지 독을 사용하지 않았었던 것은 바로 지금 이 순간을 위해서였다!

미리 준비된 독 함정과 자신의 내력이 섞인 독을 이용하여 적을 암살하기 위함!

"……."

"……크."

소리 없는 침묵, 잠깐의 침묵 속에서 살수들이 점차 무너져 내려가기 시작한다. 그의 영역 내에서 대응을 전혀 하지 못하는 살수들!

쉬이익! 탁!

거기에 더해 독존황의 도움으로 왕정이 살수들에게 화살까지 날리기 시작하자 살수들로서는 답이 없었다.

어떻게 하려고 해도 그의 영역 내에서는 수가 없는 것이다.

—남은 수는 열.

독존황이 확언한다.

열 정도의 수가 남자 살수들도 더 이상은 안 되겠다 여겼던 것일까? 추격을 할 때는 기세 좋게 그를 쫓던 살수들이 물러나기를 선택한 듯했다.

찌르르릉— 찌르릉—

살수로서의 은밀함까지 버리면서 도망치기 시작하는 그들!

최대한 빠르게 도망을 가야 한다고 여긴 듯 그들의 기세는 이미 그의 영역 밖을 바라보고 있었다.

하지만 그들은 이미 그의 영역 내에 들어설 때부터 죽음이 정해져 있었다.

무감정한 눈으로 도망치는 살수들에게 화살을 날리는 왕정.

"……크윽."

그러면서도 그는 발을 놀리면서 살수들과의 거리를 점차 좁혀 가고 있었다.

아무리 경공에 약한 왕정이라고 하더라도 자신의 영역 내에서는 상대적으로 빠르게 움직일 수 있었다.

지형지물의 익숙함도 익숙함이지만, 도망치는 살수들의 입장에서는 올무는 무시할 수 있더라도 독이 묻혀진 독 함정들은 무시할 수 없었기 때문이다.

억 하는 순간 독에 중독되어 당해버리니 신경이 분산되는 것은 당연한 결과였고, 그러다 보니 자연스레 느려질 수밖에 없는 살수들이었다.

계속되는 영역 내에서의 왕정과 살수들의 차이들. 그 차이들이 모두 한데 모여 왕정에게 승리를 가져다주기 시작했다.

"크아아아악!"

온몸이 녹아내리기 시작하는 살수. 남은 수는 다섯.

"크윽!"

올무가 아닌 독이 묻어 있는 날카로운 철사에 팔을 베인 살수 하나. 독에 의해 팔이 시커멓게 변하기 시작한 것은 순간이었다.

'넷.'

왕정이 살수들에 가까워지는 그 순간, 순간.

미리 준비되어 있던 독 함정들에 살수들 중 둘이 또다시 무너진다. 남은 살수들의 수는 둘!

—마비 독을 써라.

"……예."

모두 죽여야 하나 동시에 파악해야만 하는 일이 있었다.

독의 종류를 바꾼 왕정이 이제는 아예 모습을 드러낸 채로 도망치기 시작하는 살수들을 향해 활을 겨눈다.

쉬이익! 퍼억!

쉬이이이이이! 퍼억!

마지막 남은 두 명의 살수가 그대로 차디찬 땅에 몸을 누인다. 죽음이 아닌 마비. 하지만 왕정이나 살수들이나 이미 알고 있을 거다.

결국 모든 살수들의 죽음으로 이어질 수밖에 없다는 것을.

*   *   *

살수들을 때려눕히고 얼마 지나지 않아 정우가 찾아왔었다.

그로서도 스물의 살수들을 처리하는 것은 쉬운 일이 아니었는지 몸 곳곳에 부상이 엿보였다.

왕정이나 정우 둘 모두 치열한 전투로 행색이 초라하기 그지없었지만, 당장에 할 일은 해야 했다.

"모두 처리한 건가?"

"예. 저 둘은 빼고요."

"흐음······. 둘 정도면 충분하다. 조사는 내게 맡겨주겠나?"

"잘 하실 수 있겠어요?"

정우는 무사다. 그것도 올곧음을 가지고 있는 무사다. 그런 그가 과연 살아남은 살수들을 통해서 정보를 얻어낼 수 있을까?

한눈에 봐도 올곧아 보이는 정우로서는 고문을 하기가 힘이 들 텐데?

왕정 자신도 그런 일에는 잘 맞지 않지만, 정우는 더더욱 어울리지가 않았다. 그렇기에 왕정으로서는 정우에게 살수들을 넘기는 걸 주저할 수밖에 없었다.

하지만 정우는 그와 반대로 생각을 하는 듯했다. 아니, 왕정이 염려하는 바를 알고 있는 듯했다.

"걱정하지 마라. 내가 아니더라도 충분히 조사를 해 줄 만한 동료들이 있으니까."

"그렇게까지 말씀해 주신다면야…… 데려가세요."

"고맙다. 반드시 제대로 조사를 해서 누가 이런 일을 벌였는지 알아 오도록 하마."

과연 잘할 수 있을까? 하지만 믿어 볼 수밖에 없다. 왕정이라고 이런 일을 잘 하는 것은 아니니까.

'……어떻게든 알아오기만 하면.'

그때 가서 처리할 것을 맹세하는 왕정이었다.

그런데 정우는 여전히 왕정을 바라본 그대로 서 있었다. 무언가 할 말이 따로 있는 듯한 모습이다.

"호위무사로서 제대로 호위하지 못한 것은…… 미안하다."

"에이, 됐어요. 정우 님? ……아니, 형이 살수들을 스물 정도 잡고 있지 않았으면 저도 위험했을 거예요."

형이라. 그래도 전투 한 번 치렀다고 그리 부르는 걸까?

아니면 왕정이 아직 대협이나 소협 같은 무림의 말이 입에 붙지 않아서 한 실수일지도 모른다.

어느 쪽이든 형이란 말은 괜스레 정우에게 묘한 느낌을 가져다주긴 했다.

"크흠……. 그래도 제대로 호위를 못한 건 사실이다."

"괜찮데도요. 어쨌거나 조사를 하는 데는 얼마나 걸릴 거 같나요?"

"짧아야 한 달, 길면 몇 달은 족히 걸릴 거다."

"꽤 기네요?"

"둘한테서 정보를 얻는다고 해도 제대로 확인을 해야 하니까……."

확실한 일 처리를 위함이라.

그러한 이유 정도라면 왕정으로서도 이해를 할 수 있었다. 괜히 제대로 모르고 나섰다가는 손해를 볼 수도 있으니까.

그리고.

'나도 해야 할 게 있긴 하니까…….'

이번 전투로 알게 된 자신의 단점들을 보충해야 했다. 아니면 그 단점들을 덮어줄 새로운 장점들을 찾아내거나.

사냥법과 무공을 함께 사용하면 꽤 높은 효과를 보이는 것을 알았으니 그 장점을 잘 살리면 어찌 될 거다.

"그럼 잘 부탁드리겠습니다."

"그래. 그래도 혹시 모르니 무림맹 무사 몇을 보내기는 하겠다."

"……그러도록 하세요."

이번 일만 하더라도 정우가 없었으면 자신은 죽었을 수도 있다.

자기 나름대로 제대로 영역을 구축하고 준비를 했다 여겼지만 분명 위험했던 것만은 사실이다.

그러니 왕정으로서도 더는 호위 무사가 필요 없다는 말은 하지 못하고 정우의 말을 받아들이기로 했다.

그가 살수들에 대해서 조사를 하러 가는 동안 정우를 대신한 자가 와서 그를 보호해 줄 거다.

자신의 의방 겸 집에 누가 있는 것은 싫긴 하지만, 왕정이 위험한 것은 사실이니 어쩔 수 없는 것이기도 했다.

'수련도 수련이고…….'

새로 들어온 사람들을 데리고 또 한 번 푸닥거리를 해야 할지도 모르리라.

들기로 무림맹 무사들은 자존심이 강해서 맹에 속하지 않은 다른 무사들을 무시하기도 한다니까.

어쨌거나 첫 살수의 출몰은 상황 종료다.

*   *   *

왕정은 일이 끝나고 치료와 함께 적당한 휴식을 취하고는 평여의 현청을 찾아갔다.

현령은 그가 오기를 기다리고 있었는지 바로 방문을 허락하였다. 덕분에 또 한 번 둘만의 독대를 할 수 있었다.

"부상을 당했다고 하더군?"

"예. 그리되었습니다."

"정말 그대의 말대로 암습을 하기 시작했군. 무림인들이란 족속들은 예전부터 이해가 가지 않으이……."

"저야말로 그렇습니다."

암습을 당한 왕정 자신도 이해가 가지 않긴 매한가지였다.

해독을 하고 돈 좀 벌었다고 암살자가 찾아오다니, 너무 어이없는 상황이 아니던가.

친척이 땅을 사면 배가 아프다는 말은 들어 보았지만, 남이 돈 벌었다고 이런 식으로 암살을 하는 건 처음 듣는 얘기다.

완전히 무림인으로서 나고 자라지 않는 한 그런 독특한 사고방식을 이해하는 것은 참 힘들리라.

하기야 툭하면 시비를 걸고 대련과 대결을 벌이는 게 무림인 아니던가.

별다른 이유도 없이 암살을 해대니 무림인을 암살하는 것을 전문으로 하는 살수 문파도 그리 많겠지.

어쩌면 그 옛날 도를 닦아 신선이 되겠다며 무를 닦던 무림인은 이제 와서 많이 희귀해졌을지도 모르겠다.

무공은 단지 자신의 힘을 쌓고 이권을 얻기 위한 수단일 뿐이지, 진정한 수련으로서의 무공이 더 이상 아닌 것이다.

"그래. 이곳까지 찾아 온 이유가 달리 있겠지?"

"예. 죄송합니다만…… 제가 있는 산을 전부 구입했으면 합니다."

이게 중요했다. 며칠간 치료를 하면서 내린 결론에 따르자면, 자신의 의방을 중심으로 한 산을 아예 사 둬야 했다.

"이미 그대가 거의 사용을 하고 있지만 아주 구매를 했으면 한다? 무슨 일을 하려는 겐가? 문파라는 것이라도 세울 생각인가?"

"아니요. 저는 천상 홀로 지내는 게 편한 녀석인지라 문파 같은 덴 속하지도 못합니다."

"그렇다면 왜 구매를 하려는 건가?"

왕정은 이번에도 솔직하게 설명을 해야 한다는 필요성을 느꼈다.

"저는 저를 무림인이라고 생각한 적이 없습니다. 대신 저를 사냥꾼이라 생각하지요."

"사냥꾼이라?"

"예. 무공은 단지 우연치 않게 인연이 닿아 익히게 된 것일 뿐. 제 본업은 사냥꾼입니다."

"의원으로 이름을 높이면서 동시에 독협이라는 명호도 있던 자네가 할 말은 아닌 듯하이."

"하지만 사실입니다. 제가 저를 그리 판단하니까요."

"흐음……."

그는 왕정의 말을 곱씹는 듯이 왕정을 빤히 바라봤다. 그의 말이 맞는지를 확인하는 듯하다.

그리고 이내.

"달리 거짓이라고 할 만한 것도 없군. 자신이 그리 주장을 하는 바이니까. 그래. 그래서 사냥꾼인 것과 산 전체를 그대의 것으로 하고자 하는 것은 무슨 상관인가?"

사실 이런 허락을 받는 것은 명나라의 법상 꽤나 힘들다.

중원의 모든 것은 황제에게 속한 것이니까. 그걸 일개 신민이 가진다고 나서는 건 어불성설이다.

하지만 어느 정도 인정은 해 줄 수 있다.

산이라고 할지라도 돈을 받거나, 현령의 인정하에 그것을 이용하게끔은 할 수 있는 것이다.

그것이 왕정이 원하는 바다. 현령에게서 허락을 받으면 다른 곳에 비해서 좀 더 활용을 할 수 있는 여지가 생기기 때문이다.

"사냥꾼은 함정을 파고 준비를 하는 법입니다."

"그래서?"

"저는 이번에 크게 함정을 한번 파 볼까 합니다. 이번 공격으로 모든 공격이 끝난 것은 아닐 테니까요."

"흐음……. 그래서 산 전체가 필요하다 이건가?"

"예. 제가 조심은 하겠습니다만…… 평여 사람들이 함정에 걸려 다칠 수도 있는 것 아니겠습니까."

"옳은 말이긴 하네. 사람 일은 모르는 것이니 매사 조심해야 하는 게 맞는 것이지. 흐음……."

현령은 생각에 잠기는 듯하다.

왕정의 말이 옳은 말이기는 하나, 그에 자신이 어찌 대응해야 할지를 생각하는 거다. 옳은 말이라 하더라도 무조건 들어 줄 수는 없는 문제니까.

"작은 산이며 철광 하나 없는 산이지만 그대가 차지하게 되면 약초꾼들의 생계가 위협받을 수도 있네."

"대신에 제가 키우는 약초밭에서 일할 수 있도록 하겠습니다."

"약초밭에서 일을 하는 것으로 되겠는가? 약초꾼의 수익은 꽤 되는 것으로 알고 있는데 말이네."

현령의 말은 약초꾼들의 월봉을 적당히 챙겨줄 수 있냐는 말이나 다름없다.

농사를 짓거나 광부로 일을 하는 양민들과는 다르게 전문지식을 필요로 하는 일을 하는 약초꾼은 수익이 꽤 높은 편이기 때문이다.

높은 자리에 있는 현령치고는 양민들에 대해서 잘 알고 있다는 것을 알려주는 발언이기도 했다.

'역시 보통 현령은 아니라니까……'

왕정은 그리 생각하면서 현령의 물음에 답했다.

"당연히 그들이 만족할 만큼 챙겨 줄 겁니다. 그들이 합세를 하면 저로서도 이득이거든요."

"이득이다?"

"예. 약초꾼들만큼 약초를 잘 아는 자들은 없습니다. 그들이 약초밭에서 일해 주면 약초들도 상급의 것이 나와 주겠지요."

"그리고 그대는 그것으로 수익을 올리고?"

"그런 셈이지요. 솔직히 말씀드려 제 치료 수익이라면 약초밭을 꾸릴 필요는 없지만…… 어쨌거나 평여에서 있으려면 베푸는 것도 있어야 할 테니까요."

"허허. 베푼다라…… 하기야 그대의 말이 맞군."

약초밭에서 기르는 것이 분명 약초는 맞다. 하지만 고려의 인삼처럼 높은 수익을 올려주는 약초들은 아니다.

감초에서부터 시작해서 생각보다는 귀하지 않은 약초들을 기르는 편이니까.

이는 귀하지 않은 약초들의 경우에는 상대적으로 귀한 약초들에 비해 기르기 쉬운 것도 있으며, 왕정이 약초에 대해 그리 박학하지 못하다는 것 또한 귀한 약초를 기르지 않는 이유였다.

귀한 약초의 종자를 가져다 구해봤자 제대로 키울 사람이나 있을지를 모르기 때문이다.

그나마 독존황의 경우에도 독초든 약초든 간에 그에 대한 지식은 잘 알아도 키울 줄은 몰랐다.

'약초꾼들이 일을 도와주면……..'

이야기가 달라지긴 할 거다.

그들이 가진 지식들을 한데 모아서 약초밭을 꾸리면 분명 상급의 약초밭을 만들어 낼지도 모른다.

하지만 그건 혹시나 하는 이야기지 확실한 이야기는 아

니다.

그러니 왕정의 입장에서 약초밭을 꾸리는 것은 베푸는 정도의 의미밖에 되지 않는다.

굳이 약초밭으로 수익을 올리지 않아도 해독을 통해 올리는 수익이 어마어마한 그이니까.

"예. 그러니 제게 산의 이용을 허락해 주실 수 있겠습니까?"

"약초꾼들의 생계까지 보장을 해 준다는데 못 할 것이 무에 있겠는가. 허락해 주겠네. 그리고……."

"……."

무언가 더 할 말이 있는 건가?

"미안하네. 평여의 현령으로서 그대를 보호해 주지 못해서 진심으로 미안하네."

다른 이가 이런 말을 했다면 입에 발린 말일 지도 모르겠다. 하지만 현령의 눈빛은 진심이었다.

그는 평여를 다스리는 현령으로서 평여현에 많은 기여를 하고 있는 왕정을 그의 힘으로 보호해 주지 못한다는 것에 미안함을 느끼는 듯했다.

왕정은 그의 미안함에서 이런 현령도 있구나 라는 생각을 하면서 밝게 말을 했다.

"괜찮습니다. 최선을 다해 주셨음을 아니까요."

"허허……. 이해를 해 줘서 고맙네."

"별말씀을……. 그럼 이만 물러나 보겠습니다요."

"잘 가게나."

다시금 현령에게 허락을 받았으니 이제 되었다.

이제부터는 의방에서 오 리나 떨어진 곳이 아닌 의방에서부터 중심이 되는 산 전체로 자신의 함정을 팔 수 있으리라.

그렇게 한다면 살수 백이 와도 막을 수 있을 거다.

제대로 갖추어진 함정이자 영역이라고 하는 것은 사냥꾼에게 몇 배 이상의 전력을 가져다주는 곳이니까.

'제대로 준비를 해 주겠어…….'

그러고는 자신을 노리는 암수들에게 전부 죽음을 선물해 주리라. 후에는 그들의 본거지마저 초토화시켜 줄 것이고!

왕정은 다시금 자신에게 암수를 날린 자들에 대한 복수를 맹세하며 몸을 움직이기 시작했다.

자신의 준비가 소홀했음을 알았으니 이제는 더욱 큰 준비를 해야 할 때다.

第十三章

바쁘다, 바빠

이화는 그를 마중 나와 있었다.

임무가 아닌 한 무림맹 내부에서 벗어나는 것은 힘들더라도 내부에서 움직이는 것은 자유로운 그녀기에 마중을 나온 거다.

"생각보다 빨리 왔군?"

"호위 무사가 더는 필요치 않아서. 물론 새로 수하 몇 명을 추려 보내긴 했어."

정우의 답대로 정우는 살수 두 명을 데리고 오면서 따로 무사들을 추려 왕정에게 보내 주었다.

자신을 대신할 호위 무사의 역할로서 보낸 것인데, 아마 왕정의 성격상 자신을 괴롭히듯 괴롭혀 줄 거다.

자신이 보낸 무사들은 자신과 비슷한 성격의 소유자니 막무가내로 왕정의 호위를 하겠다고 나설 테니까.

'왕정한테 시달리다 보면 나름 뭔가를 배울 수도 있겠지.'

정우는 그렇게 속 편히 생각하면서 자신이 데려온 두 명의 살수를 가리켰다.

그들은 오면서 고생을 많이 한 것인지 초췌하다 못해 낙오자의 모습을 한 채로 포박당해 있었다.

"이놈들이 왕정이란 아이의 목숨을 노리더군."

"살수네?"

"그래. 총 오십 정도가 쳐들어왔고…… 저 둘을 빼고는 모두 처리했다."

"오십? 오십이나 쳐들어왔다고? 왕정 하나를 잡으려고?"

이화가 생각하기에 왕정은 아직 그리 강한 이가 아니다.

사냥꾼의 기질을 가지고 있고, 그만의 사냥법을 이용해서 경지 이상의 힘을 보여주는 특이한 아이지만 딱 그 정도였다.

그런데 그런 왕정에게 오십이나 되는 살수가 쳐들어오다니, 왕정에게 큰일이 났을지도 모를 일이다.

"그래. 오십. 내가 스물을 처리했고 왕정이 서른을 처리했다."

"그 애가?"

"미리 준비를 했었더군. 그 애의 표현을 빌리자면 함정을 파고 영역을 만들었다던가?"

"아! 그래. 그는 그런 사람이지……."

영역을 미리 만들어 둔 것이라면 이해는 간다. 왕정이라면 준비를 통해서 자신의 승리를 일구어 냈을 거다.

그게 그녀가 왕정에게 반한 이유 중에 하나기도 했으니까.

"저 둘을 통해서 정보를 수집하려고 하는데…… 도와 줄텐가?"

"물론."

두 명의 살수를 바라보는 이화의 눈이 달아오르기 시작한다. 그들을 통해 배후를 알아내려는 것이리라.

'과연 잘 될는지…….'

정우의 걱정과 함께 두 살수들에 대한 조사가 본격적으로 시작됐다.

*　　　*　　　*

정우가 왕정에게 부탁을 받은 대로 조사를 하고 있을 무렵.

왕정은 몸을 분주하게 움직이고 있었다. 다시는 당하지 않기 위해서라도 새로운 준비를 해야 했다.

그 사이에 자신에게 온 새로운 호위 무사들을 대련이랍시고 버릇을 고쳐 놓은 건 덤이었다.

다들 정우만 한 실력자들은 아니었던지라, 왕정의 독에 당하고서는 고분고분하기까지 했다.

"여기부터 저희가 맡으면 되는 겁니까?"

"예. 제 계획대로라면 이곳만 그대들이 지켜주면 되는 겁니다."

"……알겠습니다."

왕정은 그들을 데리고 함께 영역을 구축할 생각은 없었기에, 대신 산의 초입을 맡겼다.

무림맹 출사 무사들이 산의 초입을 맡아 주게 되면 어지간한 자들은 걸러 낼 수 있으리라 여긴 것이다.

"아아. 그리고 이것은 덤입니다."

"음? 뭐지요?"

"백해단입니다. 그래도 저 지켜준다고 왔는데 대가는 드려야지요."

"아아. 감사합니다."

병 주고 약을 주는 왕정이다. 무림맹 무사들의 입장에서 그가 주는 백해단은 꽤나 귀한 거라 곱게 받아 들 수밖에 없었다.

왕정에게 교육을 받으면서 상한 자존심은 자존심이고, 백해단을 통한 이득은 이득이기 때문이다.

"그럼 저는 이만."

"예. 살펴 가시지요."

산의 초입을 무림맹이 지켜주는 의방은 어디에도 없을 거다. 이걸로 손쉽게 산의 초입 정도는 준비 완료다.

허술해 보이지만 그들이라면 백해단 값은 해 줄 거다.

*　　*　　*

중년의 사내가 놀랐다는 듯이 약초밭을 둘러보면서 묻는다.

"그럼 오늘부터 여기에서 일하면 되는 것인갑쇼?"

"예. 약초라고 하면 저보다 잘 아시니 따로 지시는 내리지 않겠습니다."

"아무렴 저희가 해골독협만큼 약초를 잘 알겠습니까요. 그래도 최대한 열심히 하겠습니다요."

"그 정도면 됩니다."

그들은 약초꾼들이다. 산에서 약초를 채취하고 삶을 영위하는 사람들. 그런 그들을 왕정이 현령의 협조하에 자신의 약초밭으로 데려왔다.

평여현에 있는 모든 약초꾼들은 아니고, 자신이 있던 산을 근거지로 약초를 채취하던 자들이 전부다.

그 수는 약 여섯 명 정도.

적은 수이지만 이들은 왕정 못지않은 약초의 전문가들이다. 평생을 약초를 캐기 위해서 산을 오르고 내린 자들이니까.

이자들이 본래부터 약초를 관리하고 있던 평여 사람들과 함께 일을 하면 분명 도움이 될 거다.

"잘 하시기야 하겠지만…… 노파심에 말씀드리자면 본래 일하시던 분들과도 잘 지내주시길 바랍니다."

"여부가 있겠습니까요! 같은 마을 사람인데요."

그래. 그거면 되었다.

이렇게 약초밭에 관리를 맡겨 놓았으니 약초꾼과 본래 있던 관리자들이 더불어서 관리를 해 주리라.

'작은 문제들이 생기면 그때그때 처리를 하면 될 일이기도 하고……'

사람이 하는 일이라는 것이 마음먹은 대로 다 되는 것은 아니기에 작은 문제들이 생기기도 할 거다.

그렇다 해도 지금까지는 별달리 일이 없었으니 약초밭도 알아서 잘 굴러가 주리라.

왕정은 마무리로 산 초입으로부터 자신의 의방까지의 길을 정비하고, 감자밭을 만드는 사람들을 관리하는 칠우 아버지를 찾아갔다.

"어이쿠. 웬일이십니까요?"

"일이 생각보다 크게 돼서 확인 차 왔습니다."

"보시는 대로 잘 하고 있습니다요. 하하."

그의 말대로 마을 사람들은 길을 정비하는 것에 열심히였다. 일부는 밭을 만들기 위해서 분투를 하고 있기도 했고.

산의 초입에서부터 왕정의 집에까지 난 길과 함께 쭉 이어서 밭을 만들고 있기에 한눈에 상황이 파악됐다.

'확실히 열심히 하는군…….'

그가 감자밭을 만드는 것을 그대로 유지하는 건 달리 이유가 있어서다.

자신은 감자를 통해 독을 얻고, 마을의 아이들에게 일할 자리를 주기 위함인 것도 있지만 시야 확보를 위한 이유도 있다.

산의 초입에서부터 의방까지 길게 이어진 길이 있고, 그 길의 주변을 숲이 둘러싸고 있다면 아무래도 시야 확보가 어렵다.

하지만 이를 밭으로 만들어 버리면? 특히나 뿌리식물인 감자로 밭을 만들면?

시야가 한눈에 확보가 될 수밖에 없다. 그렇게 되면 살수들이라고 하더라도 은신이 힘들 수밖에 없을 거고.

자금성에서도 시야를 확보하기 위해서 큰 나무와 같은 것들을 심지 않는 것과 같은 이유인 셈이다.

다만 왕정은 실용적인 목적을 위해 밭을 만든다는 것이 자금성과의 차이기는 하다.

'약초밭과 감자밭으로 시야를 확보하고 그 외에 부분들은 전부 함정으로 도배를 해 버리면……'

어지간한 암살자들이 아니고서야 이곳까지 오는 것만으로도 어려움을 느낄 거다.

암살자들을 사냥하기 위한 함정의 경우에는 보통 강하게 만들 것이 아니니까. 사냥꾼의 기술에 독공을 더할 거다.

그 외에도 이제부터는 조금씩이지만 독존황에게 진도 배우기로 마음먹은 왕정이다.

지난번 살수들에게 추격을 당하면서 얻은 교훈으로는 지금까지의 수준 이상의 준비를 해야만 자신의 안전이 확보되기 때문이다.

'충격이긴 했지.'

몇 번 안 되는 실전이지만 지금까지 승승장구했다고 볼 수 있는 왕정이었다. 부상도 별달리 없었고, 어떻게든 해 왔으니까.

그런데 이번 살수와의 전투는 그게 아니었다.

자신의 영역을 확보하고 함정을 팠음에도 부상을 당했었다. 추격전 도중에 만들어진 부상이라 해도 부상은 부상이다.

아마 미리 준비한 영역이 오 리의 거리에 있지 않고 십 리 정도의 거리였다면?

자신은 자신이 구축한 영역에 닿기도 전에 숨져 땅바닥에 몸을 뉘였을지도 모를 일이다.

벽에 피똥을 그리더라도 저승보다는 이승을 좋아하는 게 당연한 왕정으로서 그런 일은 절대 용납할 수 없는 일이었다.

그러니 최대한 준비를 하고 있는 것이다.

"진을 배우고, 함정을 의방 가까이에 도배하다시피 설치해서 영역을 가까이에 확보하면 좀 더 안전해지겠죠?"

―그러긴 할 게다. 하지만 전에 말했듯이……

"알고 있어요. 무공도 제대로 익혀야 한단 거겠지요. 사냥법과의 조화도 좋지만 무공이 강해야 더욱 많은 조합법을 찾을 수 있을 테니까요."

—그러하다. 독공이 올라가야 조합도 할 수 있을 테니까.

이제 와서는 독존황도 사냥꾼의 방식과 독공을 함께 활용하는 방안을 인정했다.

복잡한 방법을 사용해서도 아니고 아주 쉽게 두 방식을 섞는 것만으로도 높은 살상력을 보여주니 그로서도 인정할 수밖에 없는 것이다.

왕정도 독존황도 그렇게 서로에게 적응하고 인정해 가며 조금씩 나아가고 있었다.

　　　　*　　　　*　　　　*

의방의 진료는 오전으로 제한을 하고 있었다.

의방의 일도 일이지만 왕정으로서도 해야 할 일들이 많았기에 시간에 제한을 둔 것이다.

그의 환자들 입장에서도 급한 경우에야 본래 있던 의방을 찾으면 되었기에 별달리 불만이 없었다.

그를 찾는 환자들의 수가 줄어든 것도 이유 중에 하나다.

골병 환자들이야 지난 몇 달간 골병 든 환자들을 거의 치료를 해 둔 터라 왕정의 전문 분야 환자는 이제 없다시피 했기 때문이다.

중독의 후유증을 가지고 있는 환자들의 경우에는 본래부터 수가 적어서 오전 진료만으로 충분했다.

그러니 왕정으로서는 오전에만 의방을 운영해도 별 문제가 없었다.

해서 그 외에 시간에는 그가 필요로 하는 일들을 했다. 다름 아닌 그의 영역에 함정을 설치하는 것이었다.

"여기에 독을 풀면 멀리 날아가려나요?"

—아직은 산의 초입 부분이라고 할 수 있으니 강한 독은 안 된다.

"흐음…… 그럼 마비독이 좋겠네요."

산 전체. 산과 산이 이어지다 보니 일정 영역이라고도 표현해야겠지만 어쨌건 자신의 영역의 초입부터 함정을 설치하기 시작했다.

처음 낮은 부분에는 마을 사람들이 당할 수도 있으니 약한 독에서부터 시작을 하는 왕정이었다.

시작이야 마비독이지만 앞으로 높이가 높아질수록 더욱 강한 독들이 이곳 산을 메우기 시작할 거다.

'그리되면…… 정해진 길 말고는 의방에 한 번에 쳐들어 올 수는 없게 되겠지.'

이것이 왕정이 자신의 영역을 만들어 내는 일차적인 방법이었다.

"이거 이렇게 독이 많으면 나중에 내공이 부족할 때 독을 흡수해서 쓸 수도 있겠는데요."

─물론이다. 이 산을 완전히 네 영역화하는 게지. 이 할애비도 소싯적에 그리 하긴 했었다.

"호오? 할아버지도요?"

─그래. 우리 문파의 주변에 독지대를 제대로 만들어 줬었지. 보통 독공을 전문으로 하는 문파는 다들 그런 방법을 쓰곤 한다.

"에이, 이런 방식으로 영역화를 하는 건 저만 하는 건줄 알았는데……. 왠지 아쉽네요."

─허허. 그렇다고 하더라도 중간중간에 사냥꾼다운 함정을 섞지 않았더냐. 그건 네가 최초이니라.

"후후. 그런가요?"

─최초라는 게 좋더냐?

"예. 왠지 최초라고 하면 가슴 두근거리는 그런 게 있으니까요."

왕정은 독존황과 두런두런 대화를 하면서 열심히 독을 풀면서 움직여 나아갔다.

*　　　*　　　*

오후에는 자신의 영역을 구축하기 위해서 독을 뿌리고 사냥꾼의 함정을 만드는 왕정. 그는 해가 질 무렵이면 수련과 공부를 했다.

공부는 최근에 배우기 시작한 진에 관한 것이며 수련은 독 구슬을 가지고 독을 조종하는 자신의 영역을 늘리는 것이었다.

덕분에 그는 독 구슬을 유지하고 이곳저곳으로 독 구슬을 움직이게 하면서 진에 대한 이론을 들었다.

수련과 공부를 동시에 하는 셈이다.

—자고로 진이라고 하는 것은 천지의 조화와 함께 그 조화를 흐트러트리는 데 있다.

"되게 말도 안 되는 말인데요?"

—모순이라는 거냐?

"예. 조화를 가지면서 어떻게 조화를 흐트러트려요?"

—그게 진의 묘미이니라.

왕정이 처음 생각했던 것과 달리 진이라는 것은 꽤나 흥미로웠다.

사상팔괘에서부터 시작하는 진이라고 하는 건, 생각이상으로 오묘했으며 또한 독특한 효과를 내주었다.

기초적인 단계였지만 자신을 은둔진으로는 은신시키는 것도 가능했고, 환영진으로는 적을 속이는 게 가능했다.

물론 아직 대단한 수준은 아니다.

배움도 짧을뿐더러, 독존황이 신경 써서 도와주지 않으면 기초진도 제대로 설치하지 못할 수준이다.

하지만 그 정도라고 하더라도 아주 잠깐 동안 이득을 취하는 것 정도는 가능할 듯했다.

은둔진을 만들어도 적에게 일각도 되지 않아 들킬게 분명하다. 하지만 그 정도라 해도 일각이 안 되는 시간이나마 벌어들이는 것이 아닌가.

환영진 또한 일류 정도의 고수가 자신의 내공을 이용하여 파훼하는 것도 가능할 거다. 주변을 초토화하다시피 하면 되니까.

하지만 그것만으로도 적의 내공을 소모하게 하는 것이 아닌가? 시간을 버는 것은 덤이라 할 수 있고.

단 일 수에 목숨이 왔다 갔다 할 수 있는 것이 무림이니 그 정도의 시간이면 많은 득을 얻을 수 있게 되는 셈이다.

"수준 낮은 거라고 해도 산 곳곳에 설치하고 기억하면 유용하겠네요."

―허허. 꿈은 크구나? 지금 하나를 설치하는 것도 힘겨워하지 않느냐.

"에이, 그거야 배운 지 얼마 안 돼서⋯⋯."

―어허. 이 할애비는 기초를 떼는 데 한 달도 걸리지 않

았다.

"쳇…… 그거야 할아버지가 괴물이고요."

무공, 진법, 무림의 생리. 그 모든 것들을 잘 파악하고 익히고 있는 자가 독존황이었다.

처음이야 웬 이상한 사람이 빙의가 됐다 여겼지만, 알고 보면 최고의 스승이 자신에게 빙의가 된 셈인 거다.

그만큼 그는 높은 수준을 가지고 있는 자였다.

'문제는 너무 높은 수준을 가져서 수준 낮은 나를 가리 키는 게 어려우니까 문제지…… 에휴.'

왕정이 아니라 어느 천재의 몸에 빙의가 되었다면 새로 운 괴물을 키웠을지도 모를 일이다.

그는 살아생전에 천재였던 이.

그렇다 보니 천재의 눈높이로 세상을 보고는 했다. 그러 니 자연스레 그 기준도 꽤나 높은 편!

그런 그에게 무공에 관련된 것들을 배우는 왕정으로서는 높은 기대치에 힘겨움을 느끼곤 했다.

그렇다 하더라도 할아버지로서, 또한 가족으로서 자신을 위해 주는 것은 아니 이제 와서는 열심히이긴 한 왕정이었 다.

"하여간에 천재들은 저 같은 보통 사람의 마음을 이해하 지 못한다니까요."

─수련을 하다 말고 갑자기 무슨 소리냐?

"그렇잖아요. 조금 익히면 칭찬도 해 주고 그래야지. 매일 구박이에요. 구박이!"

─허허……

되려 왕정이 그를 구박하고 있는 게 아닐까?

어쨌거나 왕정은 진법을 배우고 자신만의 독의 영역을 늘려가고 있었다.

그런 노력은 매일같이 밤을 지나 새벽에까지 이어지고 있었고 조금씩이지만 그 성과를 내보이고 있었다.

                    *   *   *

무림맹의 안가. 그곳에서 정파 무인들로서는 하지 못할 그런 고문들이 자행되고 있었다.

"크으으윽. 차라리 죽여라!"

"죽일 거다."

"지금! 지금 죽이란 말이다!"

"모두 말하면 된다 하지 않았더냐."

정우와 이화가 참관을 한 상태로 고문에 전문인 자가 왕정에게 사로잡힌 살수들을 고문하고 있었다.

살수들도 처음에는 자신들에게 있는 수단을 믿었다.

원하기만 하면 언제든지 자살을 할 수 있는 독단을 몸 안에 감추고 있었고, 이를 사용하여 죽더라도 깔끔하게 죽을 수 있으리라 여긴 것이다.

하지만 왕정의 알뜰함은 살수들에게도 통용이 되는지라, 그들에게 있던 독단은 이미 왕정의 내공으로 화해 있었다.

자신이 사용한 독들을 포함해서 살수들이 가지고 있던 독을 모두 흡수한 왕정인 것이다.

덕분에 그들로서는 죽음에 대한 선택권이 없어 끊임없이 고문을 당하고 있었다. 한 달이야 겨우 버텼다지만 이제는.

"크……크으. 말하겠소이다……."

말을 할 수밖에 없었다.

저들의 기세대로라면 몇 달이고 계속해서 그들을 고문하고 또 고문할 것이 분명했기 때문이다.

정파의 대표를 자처하는 무림맹이면서도 저들은 그만큼 잔인했으니까.

"좋다. 어디서 온 거냐. 아니, 자초지종부터 이야기를 해 보자."

"나도 조장밖에 되지 않아서 그렇게 많은 건 알지 못하오."

그렇다 해도 그는 이야기를 차분히 시작했다. 자신이 어디의 소속인지, 자초지종이 어떻게 되는지를.

'됐다.'

그의 말대로 그가 아는 것이 없어서인지, 아니면 마지막까지 숨겨서인지 모르나 작은 정보를 얻으면 그건 그거대로 되었다.

실마리를 찾는 것이 어려운 일이지, 실마리만 얻으면 얼마가 걸리든 간에 언젠가 모든 전모를 알아낼 수 있기 때문이다.

그렇게 조금씩이지만 그들에 대한 정보가 얻어지고 있었다.

第十四章

성과를 얻다

수련을 하던 왕정이 독존황에게 작게 중얼거려 본다. 아주 작은 말이지만 독존황은 들을 수 있었다.

"결국 이치는 통한다는 말이 이런 거였나요?"

—그럴지도 모르겠구나. 허허.

대성이라고 할 수 있는 깨달음을 얻은 것은 아니다. 그렇다고 하더라도 분명 성과는 있다 할 수 있었다.

그의 주변으로 삼 장!

그가 몇 달간의 고행 끝에서 얻은 자신만의 영역이다. 삼장은 그의 의지 하에 독을 다룰 수 있는 영역인 셈이다!

얼마 전까지만 하더라도 일 장을 조금 넘던 영역만을 확실하게 조종했던 것을 생각하면 괄목할 만한 성장이다.

그의 성장의 밑걸음은 두 가지.

'그중 첫째는 내공 덕분이었지.'

그가 하는 준비라는 것은 그가 할 수 있는 모든 것을 뜻하는 소리기도 했다. 그가 할 수 있는 것 중에는 이제 돈이라는 것도 포함되어 있었다.

백해단과 십해단을 끊임없이 만들어서 팔고, 해골의원이라는 소리까지 들어가며 벌었던 돈들.

왕정은 의방의 정비를 위해서 들이는 돈을 빼고도 금자로만 수천 냥이 넘는 돈을 벌었다.

환자 하나만 제대로 치료를 해도 금자로 오십 냥씩 벌어들인 그가 수십을 치료했으니 알만하지 않는가?

게다가 자매품처럼 백해단도 팔아치운 그였으니까.

식사 같은 거야 혼자 생활하는 왕정에게는 얼마 들지도 않으니, 그는 벌어들이는 돈을 그대로 저금한 셈이었다.

그렇게 번 수천 냥이 되는 금자로 약초꾼들에게 부탁을 한 그다.

"독초들을 구해 주셨으면 합니다. 이 평여에 있는 많은 독초들을요."

"시키신다면야 하기는 하겠지만…… 얼마 정도나 필요하십니까요? 게다가 평여엔 강한 독초들이 몇 없습니다요.”

“되는 대로 모두 매입할 겁니다.”

“허헛. 어마어마한 양이 될 겁니다.”

“상관없습니다.”

약초꾼들에게서 약초를 직접 채취하도록 한 것은 그 시
작이었다. 그는 전문적으로 약초를 거래하는 약초상도 찾
아갔다.

“누님.”

“어이구. 우리 밥줄을 뺏.어.가.는 동생이 아니던가?”

“하하. 약초도 열심히 구입했잖아요?”

“구입을 하면 뭐 해. 몇 년 있으면 약초밭에서 키워서 쓸
거잖우.”

약초상의 누님. 그녀는 남편을 두고도 왕정을 전담하기
로 한 건지 왕정만 떴다 하면 약초상을 지키고 있었다.

‘만만치 않다니까……’

시작부터 약초밭을 언급하는 것은 그녀가 왕정에게 갖고
있었던 서운함을 표시함과 동시에 거래에서 우위를 점하기
위한 수단이리라.

왕정으로서는 그런 그녀의 속내를 알았지만 원하는 바가
있어 한 수 물러줄 수밖에 없었다.

“그렇다 해도 계속 구매는 할 겁니다. 필요로 한 게 많거

든요."

"어디 믿을 수가 있어야지."

"하하. 저를 누님이 안 믿어주시면 누가 믿어줍니까? 그나저나 부탁이 있습니다."

"또오? 이번에도 깎아 달라고 하면 나도 힘들다고!"

그녀도 왕정과의 거래에는 지친 게 분명했다. 그렇지 않고서야 이런 식으로까지 과하게 반응할 필요가 없었을 테니까.

하기야 이제는 돈도 많아진 왕정이지만 돈거래를 할 때면 다시 예전의 기질이 나오고는 하는 그다.

무조건 깎고 또 깎는 기질!

이 평여에서 그의 기질에 가장 많이 당한 자라고 하면 약초상의 부인인지라 그녀는 그를 경계하고 있었다.

"에이…… 이번엔 그런 게 아닙니다."

"그럼 뭔데 그래?"

"독초들을 구해 주셨으면 합니다."

"흐음…… 독초들을? 독협이라는 이름이 있는 걸 보면 독을 필요로 하는 거야 이해는 하지만……."

약초나 독초나 쓰임에 따라 다르지만, 직접적으로 독초를 구해 달라고 하면 꺼려질 수밖에 없다.

사람 심리의 문제인 셈. 하지만 지금의 왕정으로서는 그녀가 도와줘야만 했다.

약초상을 운영하면서 가지고 있는 그녀의 연결선을 이용한다면 독초들을 한층 더 쉽게 얻을 수 있을 거다.

"예. 독초들이 필요합니다. 이번에 제가 부상을 당했었던 것을 알고 계시지요?"

"소문이 돌긴 했지."

"암살을 당할 뻔했었습니다. 그것도 살수들한테요."

"정말이야? 살수들이 동생을?"

그녀의 눈이 대번에 크게 떠진다. 소문으로 부상을 당했다는 것은 들었어도 그게 암살일 줄은 몰랐던 거다.

게다가 살수들에게 처음 당했다면, 그 뒤는 뻔했다.

살수들은 한번 노린 먹잇감을 절대로 잊지 않는다. 아니, 죽이기 위해서 모든 것을 걸어버린다.

무림에서 살수 문파로서 살아남기 위해서는 어떻게든 암살 대상을 죽여야만 한다. 살행에 실패한 살수 문파에게 의뢰를 맡길 곳은 어디에도 없으니까.

그런 상식 정도는 알고 있는 약초상이기에 살수들이 노렸다는 것에 놀랄 수밖에.

"예. 정말입니다. 해서 제가 본격적으로 무공을 익히기로 마음먹었지요."

"그래서 독초들이 필요하다는 거군?"

"예. 많이 필요로 합니다. 최대한 많이요."

"흐음……. 독초라……."

독초든 약초든 그녀로서는 팔면 이득이긴 할 거다. 그것도 대량으로 팔게 되면 많은 이득이 날 터.

고민이 길 수가 없었다.

"알았어. 우리 평여에 도움이 되는 동생인데 내가 그 정도는 힘 써 봐야지."

"고맙습니다. 그럼 최대한 구해 주도록 하세요. 여기 일단 금자 천 냥부터 드리겠습니다."

"크읍……."

아까 놀랐던 것도 모자랐는지 더 크게 눈이 떠지는 그녀다. 그런 그녀에게 왕정이 말했다.

"믿고 맡기는 겁니다. 누님이라면 적당히 이득을 챙겨도 사기는 치지 않으실 테니까요."

"호……호홋. 마, 맡겨만 둬."

손을 부르르 떠는 그녀다.

금자 천 냥이라는 돈은 어마어마한 돈!

그녀가 이러는 것도 이해가 간다.

천 냥이라는 돈은 지역 유지 정도나 되어야 굴릴 만한 돈이니까. 보통 천 냥이라는 돈을 가지게 되면 도망을 갈 게다.

눈이 휙 돌만 한 돈이긴 하니까.

하지만 그녀는 큰 이득을 원하기는 해도 선을 지킬 줄 알았다.

그러한 선을 지킬 줄 아는 그녀였기에 이곳 평여에서 가장 큰 약초상을 운영할 수 있기도 했다.

큰돈을 얻었다고 해서 자신의 돈처럼 쓰다가는 그게 독이 되어 자신에게 올 것을 아는 거다.

쉽게 말해 대단한 상재를 가진 여인은 아니어도, 정도를 지킬 줄은 안다는 소리다.

"소, 솔직히 무섭네……. 누가 강도질이라도 하면……."

"하하. 무림맹의 무사 하나 붙여드리겠습니다. 이 하남성에서 무림맹 무사를 누가 무시하겠습니까?"

"그, 그렇다면야 가능하지."

"예. 부탁 좀 드립니다. 그리고 제가 이 지역 약초꾼들은 이미 부렸으니, 다른 지역에까지 가셔야 할 겁니다."

"……칫. 벌써 손을 다 쓴 거로군?"

이곳 지역을 넘어서까지 독초를 구하려면 그녀도 남편과 함께 꽤 발품을 팔아야 할 거다. 약초상들끼리도 영역이 있으니 양해도 구해야 할 거고.

그러니 이번 왕정의 부탁을 들어주게 되면 그녀는 다른 일은 접고 한동안 독초 구하기에만 전념해야 할지도 모른다.

왕정도 이를 모르는 것은 아니지만 지금 사정이 그러하
니 달리 수는 없었다.

"예. 저로서는 급하니까요. 그럼 독초들을 최대한 부탁
드립니다."

"응. 맡겨만 두라고, 동생."

어느새 천 냥에 대한 떨림을 멈추고 정상으로 돌아온 그
녀였다.

그녀는 그 뒤로는 일사천리로 일을 진행해 줬다.

이미 이런 일에 경험이 있기라도 하듯 빠르게 약초꾼들
을 몰아 독초를 모으고 그에게 매일같이 전달을 해 줬다.

멀리서 오는 귀한 것들은 표사들을 활용해서 운반을 하
기도 했다.

덤으로 왕정에게 부탁을 받고 평여 지역에서 독초를 모
으던 약초꾼의 것들도 함께 운반을 해 줬다.

그녀다운 인심이었고, 그러한 인심을 받는 왕정으로서는
독초들을 먹어 가며 편히 수련을 할 수 있었다.

그게 그가 빠르게 성장할 수 있었던 첫 번째 원동력이다.
덕분에 그의 내공은 일 갑자를 넘어 이제 칠십 년을 바라보
고 있었다.

전에 비해서 내공이 많이 불어난 것이다.

무공의 기본이라 할 수 있는 내공을 통해서 이 장까지의 거리는 쉽게 통제를 하는 데 성공한 그다!

깨달음이 없어도 강한 내력을 이용해서 억지로라도 장악력을 늘린 것이다.

'다음은 깨달음.'

그 다음 두 번째 이득은 다름 아닌 기초적인 진법에서부터 비롯된 것이었다.

어느 날 문득 찾아 온 작은 깨달음.

"결국에 진이라는 것도 자연을 활용하는 것이고, 사냥꾼의 함정이라는 것도 자연을 이용하는 거잖아요?"

―그렇다.

"그리고 무공도 결국에는 자연의 힘을 쓰는 거고요? 세상 만물이 독이니까요."

―그러하다. 기초적인 사실이지.

"그러면 제가 결국 사용하는 무공도 사냥꾼의 방식이든 진의 방식이든 다 쓸 수 있게 된다는 거 아니겠어요?"

―…….

그것은 발상의 전환이었다. 사냥, 진, 독공, 그 모든 것을 따로 떼어 놓고 생각하는 무인들과는 다른 파격(破格)이었다.

물론 결국에 모든 것의 끝은 통한다는 만류귀종 정도의

대단한 깨달음은 아니었다.

하지만 사냥꾼으로서 영역을 구축하고 함정을 이용하는 것, 진을 만들 때에 자연을 이용하는 것을 이용한 응용이었다.

그의 특기라고 할 수 있는 응용력을 최대한으로 발휘시킨 것이다.

전에는 화살에 자신의 독 구슬을 붙여 일시적으로 화살의 궤도를 바꾸는 신기를 보였다면!

이번에는 그와는 다르게 진에서 흐름을 익히는 방법과 영역 그 자체를 구상하는 방식을 독공에 대입한 것이다.

그러고는 느꼈다. 삼장까지 자신의 영역 하에 둘 수 있는 어떤 흐름을!

글로는 필설하기 힘든 어떤 것에 대한 깨달음이었다. 굳이 표현하자면 자연 흐름에 대한 일부를 깨달았달까.

"결국 모든 것은 영역의 문제고 흐름의 문제니까요. 아아. 뭐랄까, 머리에 확하고 박혀든달까요?"

─그것이 깨달음이다. 말로 설명하기 힘든 어떠한 것을 말하는 게지.

"예. 바로 그런 거네요. 결국 독을 사용하는 것도 활로 화살을 날리는 것과 다를 바 없는데 말이지요. 하하."

작은 깨달음이었기에 환골탈태 같은 것도, 절정에서 초

절정으로 가는 것도 없었다.

하지만 그는 '흐름'이라는 아주 작은 이치를 깨달음으로서 주변 이 장의 영역을 삼 장으로 늘릴 수가 있었다.

"후후…… 이 정도면 준비 완료라고 할 수 있겠네요."

전보다 수배는 강해졌고, 전보다 수배는 지치지 않게 된 그다. 여기에 사냥꾼으로서 함정들을 파 놓은 자신의 영역까지 더해지면?

수백의 살수들이 온다고 해도 두렵지 않다.

이곳 의방만큼은 자신의 영역이며, 이곳에서 자신을 단번에 이길 자는 몇 되지 않는다 생각하니까.

이 영역에서만큼은 압도적인 힘으로 자신을 깨부술 수 있는 자들이 아니고서야, 숫자는 중요하지 않게 되는 것이다.

그리고.

"왕정."

그에게 소식을 가져다 줄 그녀가 그를 찾아왔다. 정우에게 그를 부탁하고, 그를 위해 움직여 왔던 그녀다.

*   *   *

"에…… 오랜만이네요?"

"응. 일이 있었어."

이화.

가장 처음 그와 인연이 닿은 무림인이라고 할 수 있으며, 언제나 한결같은 모습을 보여주는 그녀다.

"오기 힘든 거 아니었어요?"

"조금은……."

"무리는 하지 말지 그랬어요."

그녀의 표정이 조금 섭섭하다는 표정으로 미묘하게 바뀐다. 왕정을 위해 애써 무리를 해서 찾아왔는데 그 마음을 몰라주니까 섭섭해하는 거다.

하기야 연륜이 있지 않고서야 어떻게 여심을 알 수 있겠는가. 눈치 없는 왕정은 전혀 눈치를 채지 못한 듯하다.

하지만 독존황은 오래전의 경험을 살려 조금이지만 그녀의 마음을 눈치챈 듯했다.

—……쯧.

하지만 달리 왕정에게 말해 주지 않는 것을 보면 연애사의 경우에는 상관을 하지 않으려는 듯했다.

할아버지로서 스스로 왕정이 깨닫고 성장해 가기를 바라는 마음에서 그러는 것일 게다.

왕정은 그녀의 마음과 독존황의 내심을 모른 채로, 그녀가 왔다는 것에 새로운 사실을 하나 깨달았을 뿐이다.

"그나저나 누님이 왔다는 것은 정보를 얻은 거군요?"

"응."

바로 그녀가 방문한 이유다. 이유 없이 찾아올 만큼 한가한 그녀가 아니니 정보를 가져왔을 거다. 자신이 살려준 살수를 통해서.

"흐음…… 생각 이상으로 시간이 걸리긴 했네요."

두 달이 조금 넘었다. 자그마치 육십이 일만에 정보를 얻어서 온 거다.

'살수들이 꽤나 독했나 보군…….'

그렇게 생각할 수밖에 없었다.

이화가 여기까지 오는 시간을 감안한다고 하더라도 꽤 오래 살수들이 고문 받았다는 것을 뜻하니까.

살수들은 어떻게든 자신들의 비밀을 지키려고 애를 썼을 거다.

"대신에 확실한 정보를 얻어 왔어."

"어디에서 의뢰를 했는지도요?"

이게 가장 중요했다. 살수들을 처리하는 것은 당연했지만, 누가 의뢰를 했는지도 알아야 했다.

다행히 이화의 꼼꼼한 일 처리는 여기에서도 발휘가 된 듯했는지 그녀가 동의를 표하며 고개를 끄덕였다.

"대체 누구죠?"

"……말한다 하더라도 가지는 못할 거야."

이런. 이러면 뻔했다.

"정파에 속한 곳이로군요. 보자. 정파에 속한 곳이면서 독을 사용하는 곳이면 몇 안 되죠. 그러면서 살수까지 보낼 만한 곳이라면……."

─당가다.

이화가 말을 하지 않아도 정답에 근접해 내는 왕정이었다.

사실 이 정도 추론이야 바보만 아니라면 누구나 가능할 일이다. 정답을 유추할 수 있는 단서가 많았으니까.

"당가군요. 누님의 입장에서 말하기 힘드시면 하지 않아도 돼요."

"……이미 정답에 근접했지 않은가."

"너무 뻔했잖아요. 그나저나 정말 암살자를 보낼 줄은 몰랐네요."

자신이 해독을 하고 다니면서 얻은 돈이 금자로만 수천 냥이다. 개인으로서 얻기 힘들 만한 돈이 분명했다.

하지만 그가 얻은 것은 돈뿐만이 아니었다. 더 큰 것도 있었다.

'바로 인맥.'

독에 당한 자들, 독에 당하면서도 어떻게든 해독을 해냈던 자들은 그 배경이 출중할 수밖에 없었다.

당연한 이야기다.

보통 사람들은 뱀에만 물려도 죽는 경우가 태반인데, 작정하고 암살하는 데 쓰인 독을 해독하려면 얼마나 힘이 들까?

그럼에도 어떻게든 독을 해독해 내서 살아남았다는 것은 그 능력을 증명하는 셈이다. 그 능력이 배경이든, 자신이 오롯이 가진 힘이든.

왕정은 그런 사람들을 치료하고 좋은 인상을 심어주었다. 그러니 그런 인맥은 곧 수천 냥의 금자보다도 더 크다.

세상을 구성하는 것이 인간이고, 그런 인간들 중에서도 상위라는 자들과 인연을 쌓은 셈이니까.

"당가의 입장에서 제가 마음에 안 드는 것도 이해는 가요. 지금이야 하남성에서 시작이 되었지만 나중에는 더 멀리 있는 이들이 환자로 찾아오겠죠."

"……."

이화는 계속 침묵을 유지할 뿐이다. 정파 무림맹에 속한 그녀로서는 달리 할 말이 없었으니까.

이에 상관하지 않고 왕정은 자신의 생각을 계속 말해 나갔다.

"그러면 결국 당가로서도 제가 걸릴 수밖에 없겠죠. 자신들이 가져왔던 이득을 뺏어가는 셈이니까요."

"······솔직히 그렇다."

인정하는군. 하기야 이 정도 말을 하면 확실하게 답을 해 줄 수밖에 없다.

"그나저나 당가도 참 뻔뻔하긴 하네요."

생각해 보면 너무하는 곳이지 않는가.

그들의 독공이 어떤 원리로 만들어진 것인지는 몰라도, 자만은 못 해도 탁월한 해독 능력을 가지고 있을 거다.

독공을 익히면 그와 함께 필수로 해독을 할 줄도 알아야 했기 때문이다. 잘못하면 독공을 익히다 죽을 수 있으니까.

그런 그들은 분명 전설적인 독들이 아니고서야 어지간하면 독을 후유증 없이 해독할 수 있었을 거다.

자신과 거의 비슷한 해독 능력을 가지고 있을 거라 이 말이다.

개인이 안 되면 당가라는 집안의 힘을 이용해서라도 해독을 해버리면 되니까.

'그런데도 나에게 오는 환자들의 수는 제법 많았다.'

이는 반대로 돌려 말하면 당가에서 해독 능력이 있으면서도 해독을 잘 해 주지 않았다는 말이 된다.

왜 그들은 능력이 있으면서 하지 않았을까? 이에 대해서 독존황이 말을 해 준 바가 있었다.

―이득도 이득이지만 자신들의 희소성을 높이기 위해서였을 거다.

희소성. 그들은 정파에서도 최고를 달리는 독가(毒家)라는 것에 자부심을 가지고 있는 자들이다.

그런 그들이 쉽게 독을 해독해 주고 다니면? 웃기는 이야기지만 자신들의 희소성이 떨어질 거라 생각했을 거다.

가진 바 능력을 자주 사용하면 우습게보는 것은 무림의 작은 생리 중에 하나니까.

그게 아니더라도 혹여나 해독을 해 주다가 자신들의 비의가 새어나갈까 해독을 잘 해 주지 않았을 거다.

그게 무림인들이다. 능력이 있어도 사용하지 않는 자들이고, 이득을 위해서나 겨우 쓰는 자들.

'아주 웃긴 놈들이지…….'

그런 놈들이 자신의 목숨을 노렸다. 하지만.

"……그들에게 대응하면 안 돼."

현실은 이화의 말대로다.

아무리 근래에 힘이 강해졌다고 하더라도 자신은 개인이다. 독존황의 생전만큼 강하지가 못하다.

천하를 오시하는 힘을 가지지 못했으니 당가에게 대 놓고 대응을 할 수는 없다.

"……예. 그게 현실인 것을 압니다."

"그래."

"하지만…… 직접적인 대응은 하지 못해도 물면 반항을 한다는 것은 보여줘야지요. 주세요."

"응? 뭘?"

왕정이 손을 내밀었다. 그녀에게 당연한 무언가를 달라는 태도다.

"살수 문파에 대해서 조사한 걸 주세요. 적어도 살수 문파는 깨 부숴야죠."

"아……."

일차 습격 이후 이차 습격은 없었다.

왕정이 죽지는 않았어도, 환자들을 치료하는 시간을 오전 동안으로 줄였으니 꼬리를 말았다고 생각을 하는 듯했다.

그게 아니면 왕정의 전력이 생각 이상으로 강해서 새로운 작전을 짜기 위해 고심을 하고 있거나.

어느 쪽이든 간에 왕정으로서는 상관이 없었다. 그들에 대해서 알고 그들을 부숴야 한다는 것이 중요했다.

"갈 거야?"

"예. 갈 겁니다. 적어도 살수문파라도 깨부숴야만 할 거 같습니다."

"흐응……."

무언가 불만스럽다는 듯이 콧소리를 내는 그녀다. 불만이 있을 때 내는 그녀 특유의 신호.

"간다고 하더라도 일단 이곳부터 지켜야 할걸?"

"예? 그게 무슨 말입니까?"

자신은 공격을 하러 가는 거다.

홀로 당가는 이겨내지 못한다 하더라도 세력이 줄어버린 살수 문파 정도는 어떻게든 할 수 있다 여기고 말하는 것이기도 하다.

그런데 일단 이곳부터 지켜야 한다고 하다니?

"설마 그놈들 또 쳐들어오는 겁니까."

끄덕.

"얼마나요?"

"이번에는 백이 좀 넘어. 전력을 다 한 거지. 무림맹 무사들도 있으니까."

"흐음……."

백이라.

그 정도의 수라면 자신이 준비한 것들과 함께 이번 성장의 성취를 시험해 볼 만한 적당한 수이지 않는가?

'어차피 찾아가서 깨부수려는 생각이었으니…….'

시간도 절약되었고 잘 되었다.

"좋아요. 그럼. 이번에 전력을 깨부수면 나머지를 처리하는 건 일도 아니겠지요. 누님 말대로 여기부터 방어할 겁니다."

"도와줄까?"

물어보는 그녀도 답을 하려는 그도 답을 알고 있다.

"아뇨. 사냥꾼은 자기 복수를 미루지 않는 법이라고요."

"그래."

의외로 쉽게 물러나는 그녀다. 그에 대해서 잘 파악을 하고 있는 그녀기에 고집을 부리지 않는 거다.

"누님은 구경만 하시면 됩니다. 구경만…… 후후."

"응. 잘할 수 있을 거라고 믿으니까."

"헤에…… 조금 쑥스럽네요."

왕정. 독협에서 시작하여 해골독협이라는 괴이한 명호를 무림에 알리고 있는 사내.

그가 처음으로 제대로 된 칼을 갈았다. 자신의 목숨을 노린 사냥감들을 사냥하기 위한 칼을.

그리고 그 칼을 사용할 때가 점차 다가오고 있었다.

第十五章

살수전

살수들이란 존재는 예로부터 암살을 하기 위해서 나고 자란 자들이다.

돈 때문에 시작한 자도 있고, 그게 아니면 어려서부터 배운 것이 암살기술밖에 없어 살수로 움직이는 자들도 있다.

그들 간에 사연도 가지각색이고, 죽이기 위한 수단도 많지만 그들에 대한 처우는 하나뿐이다.

죽음.

살수 본인이 아니고서는 무림의 그 어떤 이도 살수를 좋아하지 않기에, 그들을 처단하는 것은 당연한 이야기였다.

'이게 어디까지나 정석적인 이야기.'

하지만 실상은 살수라고 하더라도 두루두루 이용하는 편이다.

사파의 무인들이 자신의 정적을 죽일 때는 물론이고 하다못해 정파의 무인들도 살수를 사용하곤 한다.

이권에 필요로 하는 것을 얻기 위해서 살수들을 이용하는 것이 거의 생활화됐다 이거다.

그래서 정파 무림인들이 녹림채들을 이득이 되지 않는다는 이유로 처리를 하지 않고 있듯, 살수 문파들도 별 탈 없이 무림에 뿌리를 박고 있다.

이용할 만한 가치가 있으며, 실제로 자주 사용하고 있으니까.

아주 웃기는 이야기지 않는가?

이야기 속에 나오는 정파의 협객들은 산적들과 살수들을 처단하기 위해 다녀야 한다. 그게 협객이고 정파의 무인이다.

그런데 현실은 그들도 살수를 이용하니 웃기다 못해 씁쓸할 정도다.

"가자."

그런 살수들이 움직이기 시작했다. 자신들에게 한 번 물을 먹인 왕정을 처리하기 위해서.

＊　　　＊　　　＊

"왔네요."

이번에는 그들의 습격에 관한 정보를 미리 얻은 왕정이다. 이화가 평여에 머물면서 정보를 얻어 그에게 주었기 때문이다.

그녀로서도 입장상 당가에 척을 지게는 못하더라도, 살수 문파 정도를 처리하는 것은 용인하는 것이다.

"역시……."

무림맹 무사들을 피해서 다른 방향으로 오는 살수들이다. 그들 딴에는 머리를 쓴 것이라고 할 수 있겠다.

외곽이라고는 하지만 하남성에서 무림맹 무사들을 죽일 수는 없을 테니까.

전의 습격 때야 정우를 전혀 예상하지 못해서 부딪친 듯하지만 이번엔 그들도 최선을 다해 준비를 한 것이다.

'마비 독은 어찌 뚫을까?'

그들을 처음 반기는 것은 마비독이다. 마을 사람들이 중독되어도 별달리 일이 없게 하기 위해서 마련한 것.

"호오?"

그런데 그들은 자욱하니 깔려 있는 마비 독을 피해내는 데 성공했다.

지상의 위!

바로 땅 위의 나무들을 이용해서 몸을 움직이기 시작한 거다. 일차적인 마비 독까지야 이걸로 피할 수 있으리라.

하지만.

'딱 거기까지지.'

퍼어어어어억!

살수 중에 하나가 옆에서 급작스레 나온 철창을 피하지 못하고 그대로 몸을 뉜다. 그 아래에는 독이 기다리고 있는바.

그대로 두면 사망이다.

"먹히는군."

허공답보를 하지 않는 한 아무리 대단한 무림의 고수라고 하더라도 공중에서 자유롭지는 못하다.

그러므로 그들이 독을 피해 공중을 택한 것 자체가 패착이다.

그들의 아래로는 마비독이 깔려 있되, 그 위로는 왕정이 미리 준비한 함정들이 도사리고 있기 때문이다.

그라고 해서 기관 진식까지 익힌 것은 아니기에 철창을 날리고, 올무에 걸리도록 하는 정도의 수준이긴 하다.

하지만 딱 그 정도면 충분했다.

적당히 걸려 떨어지기만 하더라도, 철창을 피하기 위해

서 몸을 날리다가 삐끗하기만 하더라도 그 아래에는 독이 기다리고 있으니까.

그렇게 일차적인 관문만으로도 저들 중 스물 정도는 왕정에게 닿지도 못한 채로 전력 외가 됐다.

마비 독 때문에 당장 죽지는 않아도 며칠간 굳어버리리라.

"가 볼까요?"

—그래. 직접 처리를 해야지.

살수들도 안 되겠다 여긴 건지, 다른 준비를 꺼내고 들어왔다. 무언가를 씹어 삼키는 것으로 보아 해독단쯤 될 거다.

'아끼려고 한 건가?'

해독단이라고 하더라도 만능은 아니다.

당장에 독을 해독시킬 수는 있어도 시간제한이 있는 경우도 있고, 종류에 따라 해독하지 못하는 경우도 있다.

저들은 아마도 시간제한이 염려되어서 최대한 해독단을 아끼려고 한 것이리라.

그렇게 공중으로 다니다 함정에 오분지 일 정도가 당하니 해독단을 씹어 삼킬 수밖에 없었을 거다.

그때부터 왕정의 사냥의 시작되었다.

—오십 보에 왼쪽.

스으으으읏. 파아아아아악!

몸을 숨기고 있던 왕정이 조심스럽게 활에 화살을 메겨 시위를 당긴다. 그리고 날아간 화살은 순식간에 살수 하나의 옆을 꿰뚫었다.

"……크윽."

당장에는 해독단을 먹어 독은 버텨낸 듯하다. 하지만 왕정의 독력에는 완전히 저항하기 힘들었는지 그대로 멈추어 선다.

해독단으로 되지 않으니 자신의 내공까지 동원해서 독에 저항하고 있는 것이다.

"화살을 날린다!"

그들을 인솔하는 자들 중 하나가 화살의 존재를 알리지만 상관없었다.

어차피 자신이 날리는 화살은 예측이 불가능하다. 독을 사용해서 궤도를 비틀어 버리기 때문.

특히나 이곳에서만큼은 그가 깔아 놓은 독들이 곧 그의 내력이 되어 준다.

산을 뒤덮고 있는 내력들 전부가 그가 그동안 독정으로 만들어 놓은 독들이니 그럴 수밖에 없다.

"……후웁."

호흡을 한 번 참고.

쉬시시싯!

"크윽……."

하나 둘씩 왕정의 화살에 그대로 몸을 누이기 시작한다.

왕정이 날린 화살의 방향을 보고 몸을 움직인 살수들이다. 그들로서는 화살의 궤적을 쫓아 왕정의 위치를 찾을 속셈인 거다.

보통이라면 분명 찾을 수 있을 거다. 하지만 그곳에는 왕정이 없는 빈자리뿐이었다.

왕정이 몸을 움직여 피한 것이 아니라 화살의 궤도를 바꿨기 때문. 왕정은 해서 그들의 심리를 역이용하기 시작했다.

퍼어어억.

"뒤!"

그들이 왕정을 노리고 빈자리를 찾아가면 그곳에 어김없이 왕정의 화살이 날아들었다.

그들로서는 궤적을 꺾을 수 있는 화살이 있다고 생각할수가 없는 상황. 이 술래잡기는 왕정에게 유리한 술래잡기일 수밖에 없었다.

언제나 한발 느린 술래잡기에 살수들이 하나둘씩 몸을 누인다. 다시 오분지 일이 왕정과의 술래잡기로 사라진다.

'그만!'

그들 중에 하나가 수신호를 보낸다. 이런 무의미한 술래잡기로는 피해만 커진다는 것을 깨달은 것이다.

오분지 일이나 전력을 잃고 깨달았다는 점이 우습긴 하지만, 궤적을 바꾸는 화살을 쓴다는 점에서 이해가 갈만한 장면이었다.

그들은 이제 꼼수로는 안 된다고 여겼는지 한데 모여서 하나의 줄을 형성했다. 가로로 된 긴 줄을!

육십 명 정도가 각자의 영역을 맡고서는 그 영역 내에서 왕정을 찾기 시작한 것이다.

추격을 할 때 쓰는 정석적 방법이며 이 작은 산에서는 충분히 위력적일 만했다. 하지만 이마저도 왕정의 예상 내였다.

자신이 심혈을 기울여 만든 은신진에서 몸을 숨기고 있던 왕정이 조심스럽게 몸을 움직이기 시작한다.

되려 그가 살수가 된 듯이 그의 움직임은 아주 은밀하기 그지없었다.

침입자를 대비해 미리 그려놓은 동선, 그의 움직임을 숨겨주는 늦은 밤과 사냥꾼으로서의 경험들, 미리 만들어진 하급의 은신진들까지.

여러 가지 요소를 활용하여 움직이는 그이니 그를 눈치채면 되려 그게 이상하기도 했다.

조심스럽게 살수들 중에 하나의 등에 다가선 왕정은.

스르르르.

"……."

아무런 소리도 내지 않은 채로 자신의 손에서 하나의 작은 바늘을 소환해 냈다. 아주 얇았지만 진기로 이뤄진 바늘이었다.

수련 때야 독 구슬의 모양을 만들지만 지금처럼 실전에서는 구슬보단 바늘 같은 모양이 훨씬 나은 것이리라.

아직 강기까지는 도달하지 못했어도 이 정도면 사람의 살을 꿰뚫는 것에는 충분했다.

피슉!

"……큭. 여, 여기!"

이런. 다음에는 다른 모양으로 만들어야겠군.

왕정은 그리 생각하면서 미리 준비했던 은신진 안으로 몸을 숨겼다. 그리고는 이내 남은 살수 다섯 정도가 죽은 살수를 향해 다가왔다.

이곳에 왕정이 출몰을 하였으니 그것을 근거로 다시 주변을 뒤지려는 속셈이었을 거다.

하지만 그들은 자신의 동료였던 시체와 함께 죽어 몸을 뉘일 뿐이었다.

피슉! 피슉! 피슉!

"……그륵."

왕정이 미리 만들어 놓았던 반달검 모양의 독들이 그들의 목을 꿰뚫은 것이다.

독바늘은 찌르는 거였다면, 이번의 반달검은 성대를 통째로 그어 버렸다. 그들이 독이라고 비명을 지르지 못하도록!

독바늘로서는 자신이 들키기 쉬우니 미리 조치를 취한 것이다.

'다음으로…….'

남은 수의 십분지 일인 여섯을 죽이는 성과를 얻었지만 이것에 만족하고 있어서만은 안 됐다.

아직 남은 자들의 수는 오십이 넘으니까.

왕정은 상황을 보다 은신진에서 빠져나가 다시 다른 곳을 향해서 몸을 움직였다.

이 구역을 지나 다른 곳을 탐색하고 있는 살수들을 처리하기 위해서 움직이는 것이다.

"크륵……."

때로는 반달 모양의 것으로.

푸우우우욱!

또 때로는 거대한 쇠못의 형태로 목을 뚫어가면서 죽이는 왕정이었다.

독바늘보다는 내공의 소모가 큰 형태이지만, 목을 단번에 꿰뚫으면서 죽이려면 이 수밖에 없었다.

아무리 왕정이라고 하더라도 아직 오십 명의 살수들을 한 번에 상대할 수는 없었으니까.

다시 스무 명 정도가 죽어서 남은 수가 사십 정도를 헤아리기 시작하자 살수들 중에 하나가 신호를 보냈다.

'집합!'

모이라는 신호였다.

이대로는 하나둘씩 상황도 알지 못한 채로 몸을 뉘이기 시작하니 모여서 대응을 하자는 것이다.

아까는 서로 간에 영역을 가진 채로 모였다면 이번에는 아예 밀착을 해서 모이는 셈이다.

수는 많이 줄어버렸지만 총 사십의 살수들이 모여 있는 것은 꽤나 위용이 있는 모습이었다. 게다가 그중에서는 고수가 있었던 것인지.

쉬이이이익! 타악!

순식간에 어둠을 뚫고 오는 왕정의 화살을 아무런 피해도 없이 막아 냈다. 게다가 그는 중독조차도 피했다.

'……가죽 장갑인 건가.'

화살에 있는 독을 손에 씌운 가죽장갑으로 피한 것이다. 독에 대한 기초적인 대비였지만 아주 탁월한 대응이기도 했다.

'어쩐다?'

부식의 성질을 가진 독을 사용할 능력은 있다. 하지만 화살에 그런 독을 바르고 날릴 수가 없다.

화살을 날리기 전에 부식독에 의해서 화살부터 녹아내릴 테니까.

'다음부터는 철시라도 준비를 해야겠군.'

왕정은 또다시 자신의 준비에서 미흡했던 점에서 깨달으면서 다시금 몸을 움직이기 시작했다.

당장에 부족한 점이 있다 하더라도, 어떻게든 적들을 처단하려 몸을 움직인 것이다.

그들이 느리지만 꾸준하게 한데 모여 산을 수색하기 시작했다. 시간이 걸려도 안전하게 왕정을 찾을 속셈이다.

'하지만 시간은 내 편이지…….'

저들은 분명 처음 들어올 때부터 해독단을 씹어 삼켰다.

아무리 대단한 해독단을 삼켰다고 하더라도 이런 경우에는 시간의 제한이 있을 터. 시간은 곧 자신의 편일 수밖에 없었다.

왕정은 은신의 진에 가만 숨어 있는 상태로 얼마의 시간이 더 지나갔을까?

'…… 한 시진은 되었다.'

시간을 헤아리던 왕정은 이제는 때가 되었다고 여기는 듯했다.

독정으로는 주변의 독을 흡수하고 두 손으로는 독을 뿜어내기 시작하는 왕정이 크게 외쳤다.

"여기다!"

은신의 진에서 스스로 빠져나온 왕정이 소리치자마자 살수들도 움직이기 시작했다. 원수가 되어 버린 왕정을 죽이기 향해 달려오는 것이리라.

하지만 그것이 그들의 패착이었다! 아무리 해독단을 씹어 삼켰다고 해도 꽤 시간이 지나지 않았던가!

게다가 해독단이라 해도 만능은 아니다!

결국 해독해 낼 수 있는 능력 밖의 독을 만나면 그들도 죽어 나자빠질 수밖에 없는 것이다.

푸아아아아아아아악!

왕정으로부터 뿜어 나온 독안개가 살아 있는 듯 저들을 향해서 달려 나가기 시작한다. 살아 있는 말과 같은 기세!

왕정의 영역 하에서 움직이는 것이기에 안개의 형태를 하고서도 그 속도는 아주 빠르기 그지없었다.

"크으윽."

"……큽."

아무리 고된 훈련을 받은 살수들이라지만 몸이 부식되어

버리고, 타버리는 것에는 버틸 수 없었다.

아니, 그것을 버텨낸다고 하더라도 안에서부터 수천 수만 마리의 개미가 물듯이 들끓는 고통에는 견디기 힘들었다!

대량 학살의 백미, 독공의 위력에 한데 모여 있던 살수들이 몸을 눕히기 시작한다.

순식간에 적을 죽여 버리는 독 안개의 위력.

—둘 살아남았다.

"호오? 대단한데요?"

독존황의 말대로 적은 그 와중에서도 둘 살아남았다.

독안개를 뿜어내고 적을 제거하는 동시에 다시 독을 흡수하여 내력을 얻고 있던 왕정으로서도 약간이지만 놀랄 만한 생존력이었다.

"하나는…… 곧 죽을지도요."

한 명은 어떻게든 남은 해독단을 씹어 삼키고 내력으로 독을 내리누르고 있는 듯했다. 하지만 몸이 덜덜 떨리는 것이 이대로 두면 죽을 게 분명했다.

아니, 다른 몇몇도 몸을 덜덜 떨고 있는 것으로 보아 곧 죽더라도 아직은 살아 있는 것일지도 모르겠다.

'그래 봐야 금방 죽을 테지만…….'

중요한 것은 그 와중에 멀쩡하니 있는 하나였다. 어떤 방식으로 버텨낸 것인지는 몰라도 하나가 살아남긴 했다.

그래도 완전히 독을 피하지는 못했는지 팔 한쪽이 부식되고 있었다.

"크으…… 네, 네놈."

살수는 원독에 가득 찬 듯이 시뻘건 눈을 하고는 왕정을 바라보고 있었다.

'문주쯤 되겠군.'

이곳에서 끝까지 살아남은 자다. 가장 강한 실력을 가졌다는 것과 같은 뜻이기도 하다.

살수 문파에서는 강자존이라는 법칙이 통용되고는 한다하였으니, 이자가 문주일 거다. 아니어도 상관은 없고.

중요한 것은 저들이 전력을 다했으나 살아남은 건 저 사람 하나라는 게 중요했다.

"돈이 그리 좋았소?"

"크륵…… 좋았다. 아주, 좋았지."

웃기긴. 그래도 끝내 자존심이랍시고 눈을 똑바로 뜨고 왕정을 바라보는 그다.

어떻게 한다? 이대로 독을 한 번 더 날려줘? 아니면? 그때다!

스아아아악!

암기 아니, 낫과 같이 만들어진 겸 여러 개가 왕정을 향해서 날아오기 시작했다. 선으로 길게 이어진 겸들로 보아 이것도 궤적을 바꾸는 것이 가능할 거다!

타아아앙! 타앙!

"우와아아악! 죽어라!"

—진원진기까지 태우는 게로군.

문주로 보이는 자는 이미 이곳이 죽을 자리라고 여겼는지 겸을 휘두르며 그를 향해 달려들기 시작했다.

거리를 좁혀 왕정을 죽이려는 속셈이다!

'상관없지.'

독공이 주 무공이지만 부족하나마 권법도 익혔다. 한쪽 팔이 부식되어 날아가는 적과 거리가 가까워진다 해도 버틸 재간은 있다.

퍼어어어억! 퍼억!

겸을 전부 그의 몸 바깥쪽으로 날려 버리고 단검을 꺼내어 들려는 문주의 몸에 왕정의 연타가 날아든다.

제대로 붙었다면 왕정이 한 수 밀렸을지도 모르나, 이미 그의 몸은 정상이 아니었다. 진원진기를 사용한다 해도 제 기능을 못하는 몸이었던 거다.

왕정의 주먹이 작렬하고 그의 독이 문주의 몸을 부수기 시작한다.

피부를 녹여버리고, 폐를 짓뭉개며, 온몸의 피가 역류하기 시작한다. 하늘이 땅이 되고 땅이 하늘이 되며 그의 시야 안의 모든 것들이 뭉개어진다.

"그래도 고통은 없으니까……."

왕정의 독정에 있던 모든 독들이 한데 뭉쳐 들어간 주먹이었다. 마비독도 속해 있었기에 문주는 고통을 느끼진 않을 거다.

하지만 이미 움직이지 못할 만큼 당했기에 고통이 느껴지지 않아도 반항은 할 수 없는 몸이었다.

쿠우우우웅.

문파의 문주가 결국 무릎을 꿇는다. 자의가 아니라 이미 몸이 버티지 못하는 거다.

"……상황 종료인가."

어차피 이들에게 사주를 한 당가에 찾아갈 수 있는 것도 아니다. 자신은 아직 약하고, 집단이 아닌 개인이니까.

그렇기에 이 정도의 복수가 최선이었다. 이미 이화가 조사를 전부 해 주었기에 더 알아볼 것도 없었기도 하고.

진정 상황 종료였다……

〈다음 권에 계속〉

魔劍王

나민채 퓨전무협 장편소설

PUSION ORIENTAL FANTASY STORY

마검왕

『죽지 않는 무림지존』, 『천지를 먹다』
베스트 셀러 작가 나민채의 신작!

강호와 현실을 자유롭게 넘나들며 벌이는 스펙터클한 퓨전 무협

강호의 마교 소교주, 현실의 고등학생이라는 두개의 삶.
를 다른 세상으로 부른 흑천마검에는 놀라운 비밀이 숨어 있다!

dream
books
드림북스

주술왕

呪術王

재신 신무협 장편소설

ORIENTAL FANTASY STORY & ADVENTURE

하늘과 땅 사이의 인간들을 하나로 이어 주며
주(呪)의 명맥을 지키는 자.
천하를 구하려 태산과도 같은 업장을 진 주술사가 움직인다.

dream
books
드림북